KB235739

불나비처럼

불나비처럼

불나비처럼

민중의 스승
김진균의 힘찬 노래들

문화과학사

김진균 선생님의 아름다운 젊은 삶

이 책은 김진균 선생님께서 진보네트워크센터에서 운영하는 인터넷 사이트에 '불나비처럼'이라는 제목으로 연재했던 짧은 글들을 모은 것입니다. 이 글들은 2001년 8월 3일부터 2004년 1월 28일까지 연재되었습니다.

이 글들을 책으로 묶기 위해 저는 세 가지 일을 했습니다. 첫째, 일부 표기나 표현이 잘못된 것을 고쳤습니다. 둘째, 내용의 이해를 돕기 위해 필요한 부분에서는 주를 달았습니다. 셋째, 크게 네 부로 나누어 정리했습니다. 1부는 이 글들을 연재한 첫해인 2001년에 쓰신 글들을 묶었습니다. 2부는 김진균 선생님이 서울대 교수로서 재직한 마지막 해인 2002년에 쓰신 글들을 묶었습니다. 3부는 2003년 봄부터 초가을 사이에 쓰신 글들을 묶었습니다. 4부는 병세가 악화되신 2003년 늦가을부터 돌아가시기 직전까지 쓰신 네 편의 글들을 묶었습니다.

여기에 묶인 글들은 모두 김진균 선생님의 삶과 학문을 보여주는 귀한 글들입니다. 이 글들을 정리하는 동안, 선생님의 느릿하고 따뜻한 목소리가 귓전을 맴돌았습니다. 이 글들을 읽으면서 독자 여러분은 김진균 선생님이 어떤 분이었는가를 잘 알게 될 것입니다.

김진균 선생님은 이것과 저것을 연관지어 사회의 구조와 본질을 통찰하는 데 뛰어나신 분이었습니다. 이 책의 글들에서도 이런 사실을 잘 알 수 있습니다. 작은 것이 큰 것과 연관되고, 일상이 역사로 이어지는 것을 우리는 이 책의 글들에서 잘 배울 수 있습니다.

김진균 선생님은 이 글들을 연재한 칼럼란의 제목을 '불나비처럼'이라고 붙이셨습니다. 그리고 진보넷의 아이디를 'bulnabia'(불나비야)로 정하시고, 모든 글의 끝에 '불나비'라고 쓰셨습니다. 이것은

1980년대 중반부터 서울대 사회학과의 '과가'로 불렸던 '불나비'라는 노래에서 따온 것입니다. 이 노래에 대한 김진균 선생님의 생각은 2003년 8월 27일에 쓰신 '선구자'라는 제목의 글에서 읽을 수 있습니다.

'불나비'는 각종 '산하'류의 비장한 노래가 휩쓸고 있던 1980년대 중반의 상황에 비추어 보자면 예외적이라고 할 수 있을 정도로 호쾌하고 힘찬 노래입니다. 김진균 선생님은 이 노래를 아주 좋아하셔서 제자들이 여럿 모인 자리에서는 꼭 듣고 싶어하셨습니다. 아마도 곡조뿐만 아니라 가사도 호쾌하고 힘차기 때문일 것입니다. 그 끝 구절은 이렇습니다.

친구여 가자! 가자! 자유 찾으러
다행히도 난 아직 젊은이라네
가시밭길 험난해도 나는 갈 테야

푸른 하늘 넓은 들을 찾아갈 테야
푸른 하늘 넓은 들을 찾아갈 테야

　김진균 선생님은 험난한 가시밭길을 자유의 푸른 하늘 넓은 들로
만드는 젊은이의 삶을 사셨습니다. 우리에게 남기신 이 귀한 글들에
서 김진균 선생님의 아름다운 젊은 삶을 읽어보시기 바랍니다.

2005년 1월 13일 새벽
제자 홍성태 삼가 씁니다.

2부 핸드폰과 복제사이트

3부　깍쟁이의 과찬

4부 황달: 노란색, 노란 스쿨버스, 황건적

눈은 뜬 채로 멀고

2001년 8월 3일—2001년 12월 21일

1962년 가을 저녁 어둠이 깔리기 시작할 즈음, 종로 5가 효창초등학교 근처에서 대포 한잔하고 학교로 올라가는데, 그 길가에 한 아낙네가 함지에 국화를 내다놓고 팔고 있었다. 주머니를 털어서 주었더니 꽃을 주는데 한 아름이 된다. 어슬렁거리며 올라가는데 약간 객기가 진동하였다. 학교까지 가는 길에 앞에서 오는 여성이 있다면 한 송이씩 주기로 한 것이다. 당시 서울은 아직 6.25전쟁의 잔영이 짙어서 도시 전체가 회색 빛이었다. 그리고 학원은 그 전 해의 1961년 군사쿠데타에 의해 4.19혁명의 열망이 엉망진창으로 쓸려가서 황량하기 짝이 없었다. 그런 세월에 어떻게 꽃을 가꾸어 내었는지 아연할 정도였다. 서울거리에 사람들이 붐빌 정도로 많지 않았던 시절이어서 종로 5가에서 올라가는데도 통행하는 사람이 별로 없었다. 더구나 여성은 몇 사람 되지도 않았다. 그럼에도 불구하고 만나는 여성에게 꽃을 내밀면 별꼴 다 보겠다는 듯이 다들 외면하고 달아난다. 젊든지 나이든 분이든지 간에.

―「국화 한 아름」에서

눈은 뜬 채로 멀고

2001년 08월 03일 19시 16분 50초

"눈은 뜬 채로 멀고 귀는 열린 채로 먹어 버려 혼이 나가고 얼이 빠져 버린다."

이 기막힌 표현은 금강산 구룡폭포를 두고 한 말이란다. 지난 6월 15일 금강산에 갔던 분이 북한안내원으로부터 들은 바, 설명하는 말솜씨가 너무 기가 막히더라는 것이다. 금강산 구룡폭포의 경관이야, 옛날 사람들도 평생 한번이라도 보고 싶어한, 금강산의 일품 경관이다.

그 금강산에 남한의 노동자도 가고 농민도 가고 중산층도 가고 북한에서도 여러 사람들이 와서 함께 어울리면서 자주 평화 통일의 꿈을 그 아름다운 금강산 경관 속에서 오색 무지개 드리우듯 꿀 것이다. 그리고 다짐도 할 것이다.

눈은 뜬 채로 멀고 귀는 열린 채로 먹어 버려 혼이 나가고 얼이

불나비처럼

15

빠져 버리는 '일'이 오직 구룡폭포의 아름다운 경관 앞에서만 일어나겠는가? 그 기가 막히는 일이 아름다운 일에서만 일어나겠는가?

우리나라에서 대법원 판결을 기다린다는 것은 여간 인내심이 필요한 게 아니다. 고등법원 판결이 난 지 무려 2년 반이나 기다리는 것도 짧은 것이 아니다. 그 기다리는 사람이 특히나 회사인수를 하는 과정에서 고용승계가 되지 않아서 그야말로 실업상태에 빠져 있는 사람이라면 그 판결을 얼마나 고대했을 것인가?

포항제철이 삼미특수강을 인수하면서 그것이 '자산매매'이기 때문에 고용승계를 할 것 없다는 것으로 사람들을 일자리에서 나가게 했던 사건이 일어난 지는 꽤나 오래 되었다.

소위 대량 정리해고당한 삼미특수강 노동자들은 97년 중앙노동위원회와 99년 고등법원의 부당해고판결(99년 1월 22일)을 받아놓은 끈질긴 투쟁 끝에 대법원이 그 판결을 최고의 권위로 확정해 주기를 바랬던 것이다. 그런데 대법원은 7월 27일 그 판결을 뒤집고 삼미특수강 노동자의 고용승계를 부인해 버렸던 것이다.

이 대법원의 판결을 받은 삼미특수강 노동자들은 그야말로 '눈은 뜬 채로 멀고 귀는 열린 채로 먹어버리고 혼이 나가고 얼이 빠져' 버렸을 것이다. 그들의 고통이 다시 언제까지나 끝없이 계속되리라는 사실을 깨닫기까지는 한참 걸렸을 것이다.

그들이 4년 반에 걸친 끝에 도달한 지점이 바로 해고가 당연하다는 대법원 판결이었다. 우리나라는 민주공화국을 세워놓고도 그 동안 정치적으로 사람을 '버리는' 일을 서슴지 않았는데 근래에 와서는 그 사람들을 경제적으로 버리는 일을 뻔질나게 자행하고 있다. 누구와 더불어 살려고 하는 것인가?

역사적으로 진보적이지 않았다고 평가되는 조선조에서도 민(民)을 본(本)이라고 하였다. 민주공화국에서는 민(民)의 대다수를 이루는 노동자/농민/ 그리고 민중, 근래에는 이들이 대다수를 이루는 비정규직 불안정노동자—아니 불안한 삶의 모든 사람들—이들이 정치적으로 경제적으로 버림을 받는다면, 그 버리는 자는 누구와 더불어 살려고 하는 것인지. 참으로 눈은 뜬 채로 멀고 귀는 열린 채로 먹어버리는 기막힌 사태를 어쩔 것인지!

<< 불나비

방학숙제

2001년 08월 09일 15시 44분 40초

방학동안에도 학생들에게 여러 가지 교육을 시키는 것이 교육현장이다. 근래는 수능시험이나 봉사활동에 대한 평점도 있기 때문이기도 하겠지만 학생들이 살고 있는 공동체에 대한 이해를 촉진하는 숙제도 주어지는 모양이다. 그런데 정보망이 발달하게 되니 이 숙제를 사이버통로를 통해서 달성하고자 하는 노력도 보인다.

학교에 있다 보면 이메일을 통해서 여러 가지 질문을 받는 경우가 있다. 이번 여름방학 동안에 어떤 중학생이 교수직업에 관하여 질문해 온 것이 있어서 이에 대한 답변을 이메일로 해 주었는데 이 사람의 신상도 약간 소개되지 않을 수 없다. 질문과 답변을 차례로 놓아 본다.

안녕하십니까? 김진균 교수님 저는 남서울중학교 2학년에 재학 중인…

보낸 날짜 2001/07/25 23:06

안녕하세요? 김진균 교수님

저는 남서울 중학교 2학년에 재학중인 조ΔΔ이라는 학생입니다.

이번 여름방학을 맞아 직업세계탐색 인터뷰 보고서라는 방학 숙제가 나왔습니다.

그래서 저는 제 꿈이 뭔지 생각해보고 그 직업에 종사하고 계신 분들을 인터뷰하는 게 제 미래에 대해서 더욱 좋을 것 같다고 생각했습니다.

아버님과 어머님의 말씀을 들어보고 제 성격과도 맞춰 생각을 해 보면서 제 꿈을 '교사'라고 마음먹게 되었습니다. 그래서 선생님, 교수님들의 사이트를 다니던 중에 선생님의 사이트에 들르게 되었습니다.

이것은 제가 선생님께 드리는 인터뷰 내용입니다. 바쁘시더라도 읽어주시고, 답장 주시면 감사하겠습니다.

방학은 8월 24일까지입니다. 그 안에 가능하시다면 답장을 주셨으면 감사하겠습니다.

제 메일을 읽어주셔서 감사합니다.

조ΔΔ 씨에게,

2001/8/6

안녕하세요? 여름방학을 알차게 재미있게 지내고 있습니까?

우선 '교사'를 미래의 직업으로 상정하고 있다는 데 경의를 표합니

불
나
비
처
럼

다. 교사와 저의 직업인 '교수'와는 활동하는 일에 있어서 차이가 있습니다. 교수는 교사와 더불어 학문의 자유, 사상과 표현의 자유라는 기본권을 다른 분들보다 더 직접적으로 추구해야 한다는 점은 동일합니다만, 활동의 모양새가 서로 다릅니다. 조OO씨가 질문하신 것은 항목에 따라 포괄적인 것이 있습니다만, 보통 이해하는 방식으로 대답하고자 합니다.

자기 소개 좀 해 주세요.

_나이는 65세, 세 학기가 지나면 정년퇴임합니다. 사회학 중에서 주로 사회변동론, 산업사회학, 조직사회학을 강의해 왔으며 근래에는 교육사회학이나 영상사회학, 사회운동론 분야를 개척하면서 시험적으로 강의를 하기도 합니다.

_아내가 있고 삼 남매, 손자 손녀가 넷.

이 직업을 선택하게 되신 동기는요?

이 일에 종사하신 지는 얼마나 되셨습니까?

_1968년에 교수(전임강사)로서 임명되어 이 직업을 갖게 되어 평생을 종사해 왔습니다. 재직한 학교도 줄곧 서울대학교입니다. 처음에는 서울대학교 상과대학에 취업했으나 1975년 서울대학교가 관악산 터로 옮겨오면서 종합화되어 전공에 따라 사회학과에 옮겨오게 되

었습니다. 전공이 달라진 것이 아닙니다. (저의 경우 1980년 8월부터 1984년 8월말까지 해직된 경험이 있습니다. 다행히 본 대학 본과에 복직할 수 있었습니다).

_60년대 말이면 6.25한국전쟁의 폐해에서 겨우 벗어나기 시작하였고 학문분야도 겨우 기초를 놓을 정도로 발전단계가 낮았습니다. 아마도 한국사회의 발전을 위해서는 학문 분야에 헌신하는 것이 중요하다는 생각을 하게 되었습니다.

더구나 우리는 4.19혁명을 대학 4학년에서 겪어야 했는데 이 시기를 지나면서 사회의 민주적 발전에 대한 역사의식이 강하게 작용하였습니다.

주로 어떤 일을 하세요?

_강의가 기본적인 활동입니다. 일주일에 3강좌(보통 1강좌가 세시간으로 구성).

_이를 위해서 연구를 합니다. 강의에 직접 소용되는 연구와 연구주제를 따로 설정하여 하기도 합니다. 장기적인 구상과 목표에 따라 연구를 하는 것도 있고 비교적 짧은 시간(반년 내지 1년)에 수행하는 것도 있습니다. 그리고 이 연구결과를 강의에도 도움이 되게 하지만, 학술논문을 구성한다든지 엄격한 학술논문이 아닌 형식의 글로 쓰기도 합니다. 이 외에 학생지도, 특히 석사나 박사 학위의 청구논문을 지도하고 심사하는 일도 만만치 않습니다. 대개의 교수는 학

회활동을 하게 됩니다. 전공분야의 학회회원이 되어 연구발표, 세미나, 심포지엄, 그리고 학술지 발간의 일에 참여하기도 합니다. 연구보고서나 저서를 출간하기도 합니다. 일간지나 월간지에 교수 이름으로 글을 게재하는 일은 사회봉사적 차원의 활동이기도 합니다만 부차적인 일에 속합니다.

어떤 성격, 소질과 적성이 필요한가요?
_특별히 지적될 것은 없지만, 성실한 것은 어떤 일에서나 마찬가지입니다. 다산 정약용 선생은 박학하도록 하고 신중히 판단하고 분별하여 실천해야 하는 것이 학문하는 도리라고 말하였습니다. 자기가 속해 있는 사회와 그 사람들의 처지를 애정있게 이해하고자 하는 노력이 필요합니다.

이 직업을 갖기 위해 필요한 과정과 절차를 알고 싶습니다.(전공분야, 공부해야 할 기간 등)
_교수는 우리나라에서는 대체로 대학에서 박사학위를 취득하고 연구성과를 일정하게 갖추면 교수자격의 일정한 조건을 갖추는 것으로 인식하고 있습니다. 요즘은 박사학위취득자의 수가 너무 많아서 교수직 기회가 너무 협소합니다.
_독일의 경우는 박사학위 취득 후에 '교수자격' 심사절차를 거치고 있습니다. 다른 직업과는 달리 교수직을 갖는 데 시간이 너무 많이

소요되고 있는 경향입니다.

이 일을 하기 위한 어떤 자격증이나 면허증이 필요한가요?

_교수직을 위한 각별한 자격증이나 면허증이 필요하지는 않습니다.

연구실적을 훌륭하게 쌓아야 하는 조건이 더 중요합니다.

초임자의 월 평균 수입은요?

_국립대학교의 경우 월급이 많은 편은 아닙니다.(물론 공장노동자나

일반 사무원의 경우보다는 월등히 많은 편입니다만). 초임이 약 2백

만 원이 될는지요! 도서비나 의료비, 연구비가 잘 지급되는 조건이면

좋겠지만 아직 여기는 그렇질 못합니다.

이 일에 어느 정도 만족하고 계십니까?

_만족보다는 '의무감'이 앞서고 있습니다. 지식인으로서의 활동터전

이라는 점에서는 다른 어떤 직업보다는 좋은 곳입니다.

이제 교수라는 직업도 연봉제, 계약제 혹은 재임용제 등과 같은 제

도적 조치에 의하여 불안정해지고 있습니다. 저는 이제 곧 정년을

하게 되므로 그러한 불안은 덜합니다만. 그리고 현재 우리나라에서

구조조정으로 정리해고되는 직업이 많아지고 있는 상황에서 65세

정년은 안정성을 확보해 주고 있습니다만, 이것도 많이 변할 것입

니다.

어느 때 가장 큰 보람을 느끼시는지요?

_우선, 제자가 독립된 학자로 성장하는 것이 큰 보람이 될 것입니다.

_연구를 하다 보면 사회와 역사에 대한 어떤 상념을 갖게 되는데 다른 나라 학자가 비슷한 생각을 하고 있다는 것을 발견하면 동시대에 대한 이해를 함께 하고 있다는 점을 느끼게 됩니다.

_우리나라는 굉장히 역동적인 곳입니다. 사회과학도가 도전할 만한 곳입니다.

이 직업이 가장 힘들게 느껴졌을 때는 언제인가요?

_학문의 발전은 무궁한 상상력을 필요로 합니다. 책이나 이론, 사상, 역사의 어떤 부분이 금지되거나 강의 대상이 되지 못하거나 연구 대상이 되지 못하거나 표현이 제약되기도 하는 경우가 '독재체제'나 '전체주의체제'에서 빈번합니다. 이것은 사회 전반에 기본권이 확대되어야 한다는 뜻입니다. 우리 현대사에서는 이러한 기본권이 제약되어 왔습니다. 주의깊게 관찰해 보시길 바랍니다. 이런 제약이 힘들게 하는 기본조건입니다.

이 직업의 앞으로의 발전 전망은 어떠합니까?

_위에서 간간이 언급했습니다만, 우리나라와 인류가 화목하게 발전적으로 살아가자면 서로를 이해하고 연대하는 힘이 커야 합니다. 이렇게 하는 데는 학문의 기여가 기본적입니다. 또한 정보화사회가 될

수록 기초학문의 발전을 요구하고 있습니다. 개개인들간의 경쟁은
이 직업에서도 강화되겠지만 학문에 대한 사회적 요구는 더욱 증대
할 것입니다.

퇴직 후에도 직업 경험을 살려 할 수 있는 일이 있나요?
_많습니다. 퇴직 후에는 사회에 봉사해서 자기의 지식과 경험을 환
원시키는 일이 중요합니다. 그리고 앞으로는 시민운동이나 시민활동
이 더욱 활발해질 것인데 경험과 지식, 그리고 경제적 보상을 바라
지 않는 헌신을 제공한다면 더욱 보람찰 것입니다.
(www.jinbo.net를 찾아보세요)

이 직업을 선택하려는 젊은이들에게 조언을 하신다면 어떤 말씀을
하시겠습니까?
_이 직업은 인류가 가지고 있는 보고를 직접 찾아 볼 수 있는 분야
입니다. 도전할 만하다고 생각됩니다. 지식은 고상하게 독립되어 있
는 것이 아닙니다. 어떤 지식이 누구를 위해 많이 봉사하고 있는가
를 항상 살필 수 있는 눈과 용기를 길러야 합니다.

이 직업을 위해 좋은 책들은 어떤 것들이 있을까요?
　_우선 출판사 새길에서 1994년에 출간한 『사회학 명저 20』을 읽
어보세요. 좀 어려운 편에 속하겠네요.

_서울대 사회학과 조교실에서는 필요에 따른 설명을 제공합니다. 구
체적인 것은 그 쪽에 질문해 보세요.
_저에 대해서 좀 더 알고 싶다면 다음 책을 보십시오.
_김진균,『한국의 사회현실과 학문의 과제』, 문화과학사, 1997.

안녕하세요?

보낸 날짜 2001/08/08 14:46

바쁘신데도 불구하고……저의 질문에 대답해 주신 것 정말 감사합니다.
선생님의 말씀 잘 듣고 숙제를 잘 처리해 나가고 있습니다.
제 꿈도 더욱 뚜렷해진 것 같구요.
정말 다시 한번 감사합니다.
선생님 하시는 일 다 잘 되시길 빌구요.
안녕히 계셔요.

이란 여자

2001년 08월 20일 11시 36분 15초

아라비안나이트를 읽어보면 '알라신을 경배한다'는 말이 일상적인 장면에서 그냥 중얼거리듯이 나오고 있다. 이 알라신을 믿는 신자는 세계의 인구 중에서도 많은 편이고 중동지역에 밀접해 살고 있다. 그 중에 이란은 무슬림을 기본 종교로 하고 있고 이슬람(Islam)은 이란의 국가종교이다. 이란 인구의 99%가 이슬람이고 비이슬람인은 거의 찾아 볼 수 없을 정도이다. 하루에도 몇 번씩 알라신을 경배하는 의식을 집단적으로 그리고 개인적으로 수행한다. 이러한 이란 사람에게 한국 사람이 '나는 종교가 없다'고 말한다면 이란 사람은 아마도 놀라거나 의아할 것이고 '사람이 종교를 갖지 않을 수 있는지'에 대하여 상상하기조차 어려울 것이다.

유럽에서는 거의 모든 사람이 기독교(구교이건 개신교이건 정교이건 성공회이건)를 믿는다. 독일의 경우 국가가 종교세를 거두어 이를 각 교회 교파에게 나누어 재정의 기틀을 삼고 있다. 한국 사람은 종교를 갖지 않은 사람이 많다. (물론 각 종교의 교단에서 자기들의 신도 수를 밝히고 있는 것을 합해 보면 한국 총인구의 수를 훨씬 넘는다. 김영삼 정권이 들어서고 난 뒤 국내 한 중앙 일간지에서 번역해서 실은 미국 신문의 한 칼럼에 주목되는 점이 보였다. "한국은 이제 진보적으로 나아가고 있다. 한국 정권은 이제 기독교 정권으로 변하고 있기 때문이다"는 취지의 지적이 있었다. 한국의 정권이 기독교적이라는 것과 기독교적인 것이 진보적이라는 놀라운 관점을 보인 것이다.) 한국에서 각 개인들의 신상을 밝히는 서류에는 '무종교' 란이 있는데 아마도 중동이나 유럽에서는 '무종교' 란은 없고 '기타' 란이 있을 것이다.

이란 여성은 관습적으로 베일이나 숄로 사용하는 사각형 천인 '차도르'를 입고 얼굴과 손만 내놓고 몸을 거의 감춘다. 머리에는 '헤잡'(hejab)라는 수건을 쓴다.

이 수건은 7세 이상의 여성은 모두 써야 한다. 머리칼과 귀가 감싸인다. 차도르는 여성이 꼭 입어야 하는 것은 아니지만 얼굴과 손만 나오고 온 몸을 덮는 옷을 입어야 하므로 이를 관습적으로 입고 있으나 머리수건은 집밖으로 나올 경우나 외간 남자가 있는 경우는 언제나 7세 이상 여성은 꼭 써야 한다. 머리카락이 수건 밖으로 나오면 질책을 받기가 일쑤다. 대체로 차도르나 머리수건은 검은색 혹은 검푸른 색이 보통이다. 이란으로 들어가는 외국인 여성도 비자를 받으려면 이 머리수건 '헤잡'을 쓴 사진을 여권에 붙여야만 한다.

이란 여성은 우리나라 옛 전통적 관습에서 '남녀 칠세 부동석(不同席)' 하는 것처럼 여간해서 외간 남자와 동석을 하지 않을 뿐 아니라 손을 내밀어 악수를 하거나 하지 않는다. 이런 이란 여성에게 악수를 청하고 술자리에 함께 가자 하고 몸을 밀착시키거나 한다면 그런 남자를 질색하거나 풍기문란한 사람 내지 사악한 사람으로 보기 십상일 것이다.

삼년 전 여름에 사십대 초입의 이란 여자가 우리 집에 사흘간 묵은 일이 있었다. 우리 집 딸애가 이란을 여행한 일이 있는데 이란에서 그 여자의 도움을 많이 받아 친해진 것이다. 그 이란 여자가 한국 재벌기업의 현지 회사에 근무 중이었는데(그 재벌의 총수는 지금 지구촌 어디에 숨어 버렸다), 그 해 여름 서울에서 외국현지회사의 외국인 근무자를 모아 연수하게 되어 온 것이다. 돌아가는 비행기 시간을 맞추기 위해 남은 시간을 우리 집에 와서 유숙하면서 서울구경을 하게 되었다. 그가 온 첫날 인사를 하게 되었다. 딸애가 신신당부하는 말이 악수를 청하지 말라는 것이었다.

그 여자는 머리를 잘 빗고 머리수건을 얌전히 쓴 채 살며시 나와서 정중하게 인사를 한다. 물론 옷은 요즘 이란에서 일어난 개혁의 바람을 타고 긴 소매의 흰 블라우스와 검은 긴 바지를 입고 있었지만 집안인데도 머리수건을 쓰고 있었다. 저녁 잠들기 전에 기도를 하고 머리수건을 풀고 잠자리에 든다고 한다. 아침 식탁에도 그 머리수건을 쓰고 나왔다.

내가 첫 인사를 우리 집에 온 것을 환영한다는 말로 시작하였다. 그리고 애써 강조하면서 한 말이 있다. "우리나라는 이란의 경우와 달리 많은 사람이 종교를 갖지 않고 있다고 말한다. 나도 마찬가지이다. 우리 할머니는 옛날에 절에 가셨는데 특히 초파일에 등을 다셨다. 지금 살아 계신 노모도 할머니의 그 정성을 이어서 평일에는 잘 가시지 않지만 초파일에는 절에 가셔서 등을 다신다. 우리 집안은 전통적으로 유교적이다. 이 유교는 종교적이지는 않다. 한국 사람들이 유교적인 관습에 따르고 있지만 유교를 종교로 생각지 않는다. 한국 사람이 종교를 갖지 않는다고 해서 신성한 것, 거룩한 것에 대한 관념이나 가치를 갖고 있지 않은 것은 아니다. 우리의 전통에서도 신성한 것, 거룩한 것, 고상한 것에 관한 관념과 가치가 있었고, 그 가치를 표현하는 의례(儀禮)도 발전되어 왔다. 짧은 체류 기간 동안에 잘 보이지 않을지 모르지만 그 점을 잘 유의해 보기 바란다."

우리 전통에도 사람과 사람들의 어떤 사회적 관계를 귀중하게 여기는 관념과 가치가 발달해 있었다. 불교를 믿는 네팔 이주여성들이 "한국 사람들은 종교도 없어 보이고 타락해 보여서 비록 돈을 벌려고 한국에 왔지만 한국의 타락한 것에는 젖지 말아야 한다. 우리는 우리끼리 잘 단속하면서 지내자"고 다짐하는 글을 쓴 것을 보면 우리들이 어지간히 타락해 보이는 모양이다.

무종교가 비도덕적이라는 것은 아니다. 지난 한 세기 동안의 현대
사는 인간의 귀중함, 전래적인 공동체에서 생겨난 문화의 귀중함, 새
롭게 만나는 사람들에 대한 인간다운 보살핌에 대한 인식을 더욱 강
력하게 해 왔으며, 따라서 새롭게 펼쳐지는 지구촌의 세계화를 맞이
해서 우리는 사람과 사람들의 사회적 관계에 대한 거룩하다는, 신성
하다는 관념과 가치를 더 넓게 성찰해 봄이 마땅하다 할 것이다.

<<불나비

어여쁜 아가씨

2001년 09월 04일 19시 39분 27초

비바람 싸늘할사 상해의 봄꽃

고운 모습 길가에서 시드는구나

어여쁜 저 아가씨 조선 여자라

영웅을 울지 않고 의인(義人)을 우네

風雨凄凄上海春

芳姿偏萎路傍塵

羅裙猶帶朝鮮色

不弔英雄弔義人

이 시는 단재 신채호 선생(1880-1936)이 중국에 망명하여 독립운동
을 하는 중에 쓴 시인데 '기생 연옥에게 줌'이라는 제목을 달았다. 철

저한 독립운동가이며 조선사를 민족 민중 중심으로 서술하는 데 심혈을 기울였던 사학자였고 일제의 모든 것의 파괴를 독립운동의 기조로 삼았던 분이다. 정권의 쟁탈이 반드시 있게 되는 모든 형태의 정부를 부정하고 오직 독립혁명을 위하여 무정부주의적인 입장에서 투쟁할 것을 결연히 다짐했던 분이 조선 여자 기생을 보고 이러한 애틋한 시를 남긴 것이다. 그의 시가 많지도 않은데.

과천에 있는 서울대공원 순환도로를 돌다보면 동물원 앞마당 건너편에 단재 신채호 선생상이라 하여 동상이 서 있다. 구렛나루 수염을 한 단정하고 예민한 듯한 얼굴에 한복 두루마기를 입고 왼손에 책을 든 동상이 세워져 있다. 내가 작년 5월 중순부터* 이 대공원 내부 순환도로를 아침마다 걷기 시작한 이래 이 동상 앞을 지날 때면 그 앞에 서서 묵념을 한다.**

이 동상이 세워진 것은 1988년 3월이란다. 동상 뒷면에 새겨진 글에 의하면 단재의 조선사를 연재한 조선일보가 지령 2만호를 기념으로 발기하고 유지들의 출연으로 세운다고 했다. 단재 동상건립위원회 위원장은 '방우영'이라고 명기되어 있다.

단재는 1880년 11월에 태어나서 1936년 7여 년의 옥고 끝에 중국 일제하의 여순감옥에서 옥사하였다. 1931년 6월 10일부터 10월 14일까지 102회에 걸쳐 '조선사'를 연재하였고 그 해 10월 15일부터 12월 3일까지 37회에 걸쳐서 '조선상고사'를 발표하였다. 이것을 언제 집필하였는지는 확실치 않은데 중국 망명 중에 틈틈이 기술하였고 그가 이미 1928년에 체포되어 10년형을 받아 감옥에 있을 시기에 국내에 들어와 있던 원고가 안재홍 선생 주선으로 연재되었다고 한다.

아마도 이 조선사가 연재되'던 시기가 조선일보가 가장 민족적 신문으로서의 성격을 드러내고 있었던 것 같다. 그 후 방씨가 조선일보를 맡고 부터는 지금도 그 친일의 치욕적 역사가 항상 문제시되고 하는 시기가 계속되었던 것이다. 오늘날에는 이 친일의 문제만이 아니라 친독재의 문제가 제기되고 동시에 재벌신문이라는 악평에다가 방씨 회장이 '밤의 대통령'이라고 하여 밝은 민주사회에 대치되는 음영을 던지며 또한 세금을 포탈하는 부패의 상징으로도 등장하고 있다. 그런데 처음 이 동상을 보고 그 곳을 지나가다가 보니 보다 반듯한 터전에 좌상을 하고 있는 동상이 다시 나타난다. 아니나 다를까, 거긴 역시 동아일보의 상징 인촌 김성수가 나타나는 것이다. 그를 소개하는 글이나 여기서 소개한들 무엇하겠는가?

바늘과 실 같다고나 할까, 조선일보가 있으면 그 옆에 동아일보가 있게 마련이고, 그 역도 마찬가지이다. 그렇지만 언론개혁의 주된 대상이 되고 있는 조·동·중을 생각해 보면, 중앙일보는 일제시기의 역사가 없으니 여기에 동상을 세울 근거가 없을 것이다.

대공원 순환도로에 동상이 셋 세워져 있다. 신채호 선생의 상과 인촌의 상 사이에 젊은 모습의 '조명하 의사의 상'이 서 있다. 조명하(趙明河) 의사는 1928년 5월 14일 일본왕 히로히토의 장인 구니노미야 육군대장을 대만에서 독검으로 자격처단한 의사이다. 그 해 10월

24세의 나이로 일제 형장에서 이슬로 사라졌다고 전한다.*** 유독 그
의 동상 앞에는 철따라 간간이 화분이 놓여 있다.

아침마다 단재 선생상 앞에서 쓰여 있는 글씨만 보면서 묵념을 한
다. 일제에 고개를 숙이기 싫어하여 세수할 때에도 뻣뻣이 앉아서
하니 웃옷이 그 때마다 젖었다는 분—청계산 아침 하늘이 더욱 맑
아지면 단재 선생의 얼굴도 더 맑아 보인다.

<<불나비

* 2000년 4월에 김진균 선생님은 대장암에 걸렸다는 것을 아시게 되었다.
  이미 상태가 안 좋아서 급하게 수술을 받으셨다. 퇴원하신 뒤에 매일 아
  침마다 회복을 위한 운동으로 산책을 하셨다. 2000년 5월 중순부터 서울
  대공원 순환도로를 산책하시게 된 내력이다.
** 한길사에서는 단재 선생의 삶을 기려서 1986년에 단재상을 제정했다. 김
  진균 선생님은 1989년에 제4회 단재상을 수상하셨으며, 1997년 7월부터
  는 그 운영위원으로 활동하시기도 했다.
*** 조명하. 1905-1928. 황해 송화생. 가난으로 보통학교를 중퇴하고 여러
  잡일을 전전하였다. 일본에서 야간학교를 졸업하고 대만으로 건너가 2
  차대전을 일으킨 히로히토 일왕의 장인이자 육군대장인 구니노미야 구
  니히코(久邇宮邦彦)를 독을 바른 칼로 찔러 6개월 뒤 후유증으로 사망케
  하였다. 현장에서 체포되어 3개월 뒤 사형당하였다. 63년 대한민국 건국
  훈장 국민장을 받았다.

게장 그리고 이이ㅇㅇ 선생

2001년 09월 19일 17시 02분 39초

옛날에는 게장을 담글 때 개울에서 잡아서 했는데 요즘은 바다 게를 재료로 많이 한다. 서해안에서 잡아 올린 꽃게도 좋은 재료가 된다.

조선간장은 달여서 식힌다. 충분히 식혀서 항아리에 담아 놓은 게에 붓는다. 간장은 게가 잠길 만하게 양을 잡아야 한다. 간장을 달이고 붓기를 세 차례를 해야 한다. 한번 부어서는 일주일 정도 경과시킨다. 처음 간장을 붓고는 거기에 마늘을 얇게 썰어서 넣고 생강도 얇게 썰어서 넣는다. 붉은 고추도 넣는다.

게장을 싱겁게 담그는 경우도 있다. 세 번째 간장을 다려서 부을 때 생수를 넣어 짠맛을 희석시키기도 한다. 물론 게장은 짠맛이 제격이다. 잘 담은 게장은 짠맛이 상당히 순화되고 입맛에 아주 깔끔하다. 그 맛이 한번 먹어보고도 오래 남는다.

벌써 3년이 넘었나 보다. 늦가을인지, 입맛이 나는 그런 추수의 계절이었다. 마침 그 계절에 이효재 선생이 서울생활을 청산하고 고향인 진해로 내려가신다고 해서 아무래도 환송을 해드려야 도리라고 생각하여 집으로 초청을 하였다. 이효재 선생은 오랫동안 이화여자대학교에서 사회학을 연구 강의하시면서 여성문제에 남달리 관심을 갖고 학교 안에 여성연구소를 설치하여 가부장제의 역사를 연구하고 현대사회에서 가장 억압받는 여성노동에 관한 연구를 권장하였다. 분단의 역사적 사실에 뼈저린 감응을 하여 분단사회학의 길을 열었다. 분단이 특히 여성의 삶에 질곡으로 작용하는 문제점을 강조하였다.

자연히 정치현실에도 비판적이어서 80년대 초반 4년 1개월 동안 해직당하였다. 그 어려운 때에도 보다 살기 힘든 사람들을 돕는 데 앞장섰다. 그리고 결국 분단극복을 위한 여성운동의 활로를 찾기도 하여 북한에서 여성회의를 개최케 하고 참가하여 김일성 주석을 만났다. 한편으로 일제시대 일본이 저지른 만행 중의 가장 나쁜 것인 조선인 여성의 위안부 강제동원 문제를 한국에서 제기하고 일본 사회운동의 연대를 이끌어 내고 문제를 유엔으로 가져가서 일본의 만행을 규탄하는 데까지 힘썼다. 그 동안에 세월은 흘러서 정년퇴직하게 되고, 그 후에도 서울에서 활동하였는데 떠날 때를 가려서 고향으로 내려가게 된 것이다.

나는 이 선생을 미국으로부터 갓 돌아와서 대학의 강단에 서셨을 때 학생 신분으로 뵙게 되었고 사회학 공부를 하는 과정에서 그 분의 통찰력에 힘입은 바가 컸었다. 물론 80년대 초반의 세월도 함께 해서 그 분으로부터 위로와 용기를 많이 얻었었다.

고향으로 내려 가신다니 환송연을 우리 집에서 차려드리기로 하였다. 이 선생과 함께 사시는 분도 오시고 동무도 필요해서 연배가 비슷한 박순경 선생도 초청하고 남성도 있어야 하겠기에 변모 선생과 강모 선생도 초청했다. 우리나라 재래식 독한 소주에 청매실을 담은 술―당시 3년 정도 숙성되었으니 독한 기운은 없어지고 향기는 은은하게 나는데―, 매실주를 내어서 송별주로 삼았다. 음식은 나이 든 분들에게 맞게 장만했다. 물백김치도 때에 맞게 담았다. 돼지고기도 연한 부분을 조금 구해서 잘 삶아내었다(젊은이들이 모이면 많이 준비해야 하지만). 여러 가지 전도 부치고 구절판도 장만하였다. 여러 가지 버섯과 나물을 가지고 음식을 장만하였다. 그리하여 매실주의 향긋한 술기운에 환송연의 분위기가 제법 즐거워지고 있었다.

그런데 이 선생이 새로 명함을 만들었다고 하면서 나누어주는데 보니 성이 두자요 이름이 두자다. 성이 "이이(李李)"이다. 선생님의 일행으로 오신 분의 명함도 그러하였다. 당시 여성운동 일각에서 일고 있는 부모 성(姓) 갖기 운동에 선도적으로 참여한 것이다. 여성운동의 입장으로 보니 한국의 가부장적 폐해 그리고 억압된 여성인권은 호주제에 주요 원인이 있다고 판단하고, 호주제 폐지운동을 전개하는 과정에서 자식들이 아버지 성만 가질 것이 아니라 어머니 성도 갖자는 운동을 하기에 이른 것이다. 이 두 성 갖기 운동이 자연히 화제로 되었다. 물론 변모 선생은 가당찮은 일이라고 비판하였다. 그런데 강모 교수는 한 술 더 떠서 나중에 자식들이 부모의 성을 선택케 해야 하리라고 의견을 내 놓은 것이다. 변 선생이 열이 받쳐서 야단을 치곤 하였지만 이 두 성 갖기 운동의 의의가 절로 잘 드러난 셈이었다.

학교에서 보면 이 두 성 갖기 운동이 여성만 하는 것이 아니라 남학생도 동참하는 경우를 보곤 한다. 사실 곰곰이 살펴보면 이제 우리 사회의 변화가 아버지 혈통으로만 이어갈 정치경제학적 기반이 붕괴된 것을 인지할 수 있다. 17세기에 와서 전반적으로 동족촌이 형성되고 동성동본 결혼이 금지되고 아들 위주로 그리고 장남 위주로 상속이 전개되었다. 조선조 말에는 신분체제가 '상승적 해체'를 지향하여 온 세상이 자칭 '양반'으로 가득 차게 되었으니 양반에서 오는 신분적 혜택을 누리자고 싸우는 일이 전 사회적 차원에서 전개되어 모순이 심화되었다.

남자 혈통을 중시하는 체제의 유산은 지금도 아비가 불명확한 (불명확하게 된) 아이는 아무도 양자로 받아들이지 않으려고 하는 데서 남아 있다. ―그래서 우리나라에서는 외국으로 입양해 보내는 생명 폐기현상이 아주 편(?)하게 저질러지고 있다.

고려말에는 사촌끼리의 결혼은 금지하는 정책을 공포하곤 하였다. 당시 사촌은 친족의 사촌만이 아니라 외사촌, 고종사촌, 이종사촌도 포함되고 있었다. 이의 폐해는 여러 가지로 나타났을 것이고, 이성계 세력이 고려를 붕괴시키고 조선을 건국해서는 이의 폐해를 정돈하는 방법으로서 유교의 종법(宗法)사상을 적극 도입하여 구조의 뼈대로 삼았다. 먼저 왕실부터 (태종이 처남과 사돈까지 죽이는 사극을 보았을 것이다), 그리고 사대부집안을 거쳐서, 서민의 생활영역까지 내려가는 데 장구한 세월을 필요로 하였고, 이것이 17세기에 거의 완성된다는 것이다.

이제 사회구조의 뼈대가 자본의 운동으로 세워지고 그에 따라 자유주의와 개인주의가 주창되고 사람의 이동도 활발하여 사회생활이 거의 도시에서 이루어짐에 따라 동성동본 결혼 금지의 공동체적 기반이 무너지고 혈통의 신분으로 사회적 이득을 획득하는 모든 제도는 사라져 버렸다(그런데도 그 폐습의 관습은 남아 있어서 가족주의가 횡행하고 '재벌'이라는 독특한 변태도 낳고 있다).

일제 말 일본이 강제하여 멀쩡하게 성도 있고 이름도 있는 조선사람에게 일본식으로 성을 두 자로 하고 이름도 이상한 단어로 두 자로 새로 만들어서 성명이 네 자로 되게 하여 조선인으로 하여금 일본 천황의 '적자'(赤子)로서 소위 대동아전쟁에서 기꺼이 죽게 만들고자 했을 때, 사세부득하여 민중들이야 따라가게 되었지만 억울하고 분한 억하심정이 죽음으로까지 몰아가곤 했었다. 요즘 영어가 세계화 물결을 일으키고 있으니 영문자로 이름을 표기하는 것이나 혹은 인터넷에서 새로운 이름을 요구하면 아무 거리낌없이 그대로 따

라가는 것을 보면 세상은 그만큼 변하고 가치관도 어지간히 변한
것이다.

　그 날 저녁 식사에는 밥과 게장을 내 놓았다. 그 깔끔하게 짠맛이
그 분들의 입맛을 돋우었다. 어느 영화에서 말하는 것처럼 한 평생
한번이라도 정성껏 차린 음식을 먹게 되면 한 평생 그 맛으로 해서
행복이 충만하다고 하던가. 이이 선생은 그 뒤에 안부를 물을 때마
다 그 게장 맛을 들먹이신다. 우리 현대사에서 빛나는 자리를 차지
하신 이이 선생은 따뜻한 정도 많을 뿐만 아니라 정성된 것을 알아
내는 안목도 갖추신 분이다.
<<불나비

학이 날다

2001년 09월 27일 16시 19분 41초

옛날, 추석 다음 날 지리산 장터목산장에서 저녁밥을 지어먹는데 동편 천왕봉에는 둥근 달이 떠올라서 온 세상을 훤히 비추고 있었다. 그런데 저쪽 서남쪽에서 큰 학 한 마리가 나래를 길게 펴고 날아오는 그 장관이야말로 굉장했어요. 구름이 형용한 그 학은 눈 높이 앞을 지나 천왕봉을 넘어 천천히 날아가는데, 아, 그 기운에 힘입어서 소주 한 잔 건배했던……

그리고 천왕봉을 거쳐서 칠선계곡 깊은 골을 따라 내려오면 선녀탕이 있고 (이 탕이야말로 옛날에 선녀가 내려와 나무꾼과 살게 되는 그런 이야기가 될 만한 곳이죠) 차츰 높이가 낮아지면 감나무에 감이 익은 채로 달려 있죠. 몇 개 따서 먹어 보면 홍시된 그 맛이 고단한 몸의 피로를 씻게 해 줍니다. 추성골 동네에서 하루 밤을 더 지새면 몸이 더 가뿐해집니다. 그 추성골 민박집에서 고추장 된장을 얼어서 맛을 보면 어쩐지 감칠맛까지 도는 거예요. 다음 날 실상사 절에 나와서 경내를 돌다보면 큰 밤나무에서 약간의 바람만 불어도 밤이 툭툭 떨어집니다. 그걸 줍느라고 재미가 절로 나지. 돌아서 나오려고 하면 다시 바람이 살랑 불어서 밤을 툭툭 떨어뜨립니다. 그 생밤 맛이란!! 버스 칸이나 기차 칸에서 그 밤을 한 톨이라도 옆자리 사람에게 주면 얼마나 즐겁고 기뻐하는지……

이 가을의 이야기는 벌써 십 몇 년 전, 80년대 후반의 일이다. 연거푸 세 번쯤 추석연휴에 지리산 산행을 한 일이 있었다. 추석 다음 날 아침 일찍 서울을 출발해서 남원에 가서 지리산 백무동 행 버스를 타고 간다. 백무동에서 점심을 먹고 산행을 시작하면 저녁 무렵 장터목 산장에 도착한다. 당시에는 그 명절에 여행을 해도 길이 막히지 않으면서 교통의 연결은 좋았다. 80년대가 지나서 90년대가 시작되면 우리나라 도로에 자동차가 가득해지기 시작했다. 그러니 보름날보다 그 다음 날 달이 더 둥글다는 추석의 연휴에 지리산 장터목에 둥근 달을 보러 가기가 어려워졌다. 실상사의 밤도 추억 거리로 지니게 되었다.

은하수, 지리산 여름밤 별들은 총총하게 빛나고 은하수는 그 물길이 깊고 넓었다.

추석 둥근 달이 떠오를 때는 은하수가 약간 수줍은 듯 자리를 비켜간다.

그 즈음 안치환이 지리산 노래를 자주 불렀다.*

<< 불나비

* 안치환이 작사·작곡한 '지리산, 아 지리산'을 가리킨다. "눈보라 몰아치는/저 산하에/떨리는 비명소리는/누구의 원한이랴/죽음의 저 산/내 사랑아/피끓는 정열을 묻고/못다 부른 참세상은/누구의 원한이랴/침묵의 저 산/지리산/일어서는 저 산/지리산/지리산/반란의 고향." 1980년대 말-1990년대 초에 운동권에서 널리 불렸다. 안치환은 소설 『태백산맥』을 읽고 이 노래를 만들었다고 한다.

원로

2001년 10월 08일 23시 04분 18초

우리나라 원로 한 분이 딱한 처지에 빠졌다.

"그러나 그것은 너무나 세상을 모르는 순진한 한 사제의 생각이었습니까? 당일치 여러 신문에서도 정부와 민주노총간의 대화의 자리가 만들어져야 한다고 해설하였습니다. 그러나 아직까지 양자간에 허심탄회하고 진지한 대화와 서로를 이해하기 위한 노력은 전혀 보이지 않습니다"(김승훈 신부, '자베르의 후손에게', 『한겨레신문』 2001년 8월 21일).

민주노총 단병호 위원장이 명동성당에서 농성할 때 김승훈 신부가 나서서 몇 차례 민주노총과 청와대를 오가면서 중재를 해서, 단 위원장이 7월에 남은 형기를 마치기 위해 자진출두하고 그 외의 책임을 묻지 않기로 했다는 것이다. 그런데 김 신부가 보기에는 양자가 만나는 기척이 없다는 것이다. 그런데 단위원장이 잔기를 마치고 나와야 할 10월 3일에 출소하기는커녕 경찰의 사전구속영장이 발부되고 도심 불법집회 주도혐의로 구속되었다. 이 소식을 보는 원로 김신부는 어떤 심정이었을까? 정부와 청와대가 김신부와의 어떤 약속을 애매하게 처리하자 민주노총은 10월 7일 한 문건을 공개했다. 청와대 당시 민정수석이 써준 문서라는 것이다(『한겨레신문』 2001년 10월 7일자 보도).

김신부는 웬만한 사람이면 알 정도로 정의에 투철한 분이다. 박종철 고문치사 은폐사건을 폭로함으로써 기나긴 군부지배의 붕괴를 예고케 했던 분이다. 이제 연세도 제법 들고 앞머리가 훌렁 벗겨진 품위있는 사제이다. 그 분이 신문에서 고백했듯이 순진하게 양쪽의 대화가 상호이해를 증진시킬 것이고 60만 민주노총 조합원의 대표를 살려내고 명동성당의 불편함도 덜어주는 역할을 자임했었는데, 오히려 '법보다 더 높은 가치는 서로 간의 용서이며 참된 사랑입니다'고 호소하는 처지에 서게 되었다.

옛날 나이든 분을 존경하는 것과는 다르게 근래 우리나라에서 원로라고 칭해지는 분이 있다. 민주화운동에 헌신한 분들도 걸맞게 존경을 받고 있다. 그런데 훌륭한 원로는 혼자 스스로 되는 게 아니다. 원로도 존경해 주는 사람들에 의해서 만들어지는 것이다. 한번 잘해보고자 나선 행동에서 한쪽에서 신의를 저버리면 그 원로는 훼손되

는 것이다. 인품이 훼손되면 그의 도움을 원로의 이름으로 청한다
한들 누가 믿겠는가?

전교조가 출범하는 날 한양대에서 경찰이 교사들을 줄줄이 엮어
서 연행하였다. 스승이 노동자로 스스로 전락해서 되겠느냐고 하면
서도 정작 그 스승들을 포로 잡아 다루듯이 하였으니 우리나라 교사
가 어떻게 선생 대접을 옳게 받겠는가?[*]

김신부의 난처한 처지를 보면 이 전교조 출범 당시의 일이 되살아
난다. 민주노총 사람들이 단위원장의 구속문제 때문에 다시 명동성
당으로 들어가서 농성을 시작했다. 김신부는 이제 부질없는 '원로'
행세를 거두어 들여야 할 것 같다. 또 나서야 가슴만 아플 터이니.
민주노총도 김신부 같은 '원로'에게 부탁도 드리지 말아야 할 것이다.

<< 불나비

* 1987년 9월 27일 전국교사협의회(전교협) 출범. 1989년 5월 28일 전국교
  직원노동조합(전교조) 결성. 1998년 하반기에 교원노조법이 국회에 상정
  되고, 1999년 1월 6일 이 법이 국회를 통과함에 따라 전교조의 합법화가
  비로소 이루어졌다. 전교조 결성식은 한양대에서 열릴 예정이었다. 그러
  나 경찰이 하루 전부터 한양대를 봉쇄하고 교사들을 연행하는 바람에 연
  세대와 건국대로 옮겨서 결성식을 열었다.

국화 한 아름

2001년 10월 23일 20시 06분 45초

열흘 전쯤 어둠이 내리기 시작할 무렵 동네 입구에서 아낙네가 국화를 팔고 있었다. 무심코 지나치다가 국화 두 다발을 샀다. 노랑색과 자주색 꽃 각 한 다발씩. 덤으로 큰 꽃송이를 주려는 것은 사양하고. 값도 한 다발에 천원씩. 토기 모양의 병에 꽂아 놓으니 그 품새가 좋고 활짝 피어난다. 그 며칠 전 해질 무렵 동네 입구에서 국화를 사려고 했는데 그날 따라 주머니에 동전만 댕그렁거렸다.

1962년쯤 가을 저녁 무렵 어둠이 깔리기 시작할 때, 종로 5가 효창초등학교 앞 근처에서 대포 한잔하고 학교로 올라가려고 그 곳을 지나는데 아낙네가 함지에 국화를 놓고 팔고 있었는데 별로 팔지 못한 채 앉아 있었다. 주머니를 털어서 주었더니 꽃을 주는데 한 아름이 된다. 종로 5가에서 현재 대학로 마로니에 공원이 있는 학교까지

어슬렁거리며 올라가는데 약간 객기가 진동하였다. 그 곳까지 가는 데 앞에서 오는 여성이 있다면 한 송이씩 주기로 한 것이다. 당시 서울은 아직 6.25전쟁의 잔영이 짙어서 도시 전체가 회색 빛이었다. 경제도 별 볼일 없이 형편이 없던 시절이다. 그리고 학원은 그 전 해의 1961년 군사쿠데타에 의해 4.19혁명의 열망이 엉망진창으로 쓸려가서 황량하기 짝이 없었다.

그런 세월에 어떻게 꽃을 가꾸어 내었는지 아연할 정도였다. 그리고 사람들이 서울거리를 붐빌 정도로 많지도 않았다. 종로 5가에서 올라가는데도 통행하는 사람이 별로 없었다. 더구나 여성은 몇 사람도 되지 않았다. 그럼에도 불구하고 만나는 여성에게 꽃을 내밀면 별꼴 다 보겠다는 듯이 외면하고 달아난다. 젊든지 나이든 분이든지 간에. 하기야 허술한 두 젊은이가 술기운도 있어 보이니 여성들이 달아날 수밖에 없었을 것이다.

우리 두 젊은이는 못내 그 객기 있는 '낭만'을 풀 길 없는 세태를 원망하면서 학교 정문 수위실에 가서 병을 몇 개 구해서 꽂아 놓았다. 다음날 아침 등교 길에 보니 수위아저씨가 빙긋이 웃는다. 나도 웃을 수밖에.

진보네트워크센터*가 약 2년 전 가을에 교육장을 열고 컴퓨터를 들여놓았는데 프로그램을 까는 데 비용이 엄청나게 소요되었다. 제자들이 힘을 모아 도와주었다. 개장하는 날에 제자 대표 한 사람이 참석했다. 밤늦게 돌아가는데 그 도움이 고마워서 큰 길가 꽃집에서 국화 한 아름을 사서 선사하였다. 그녀가 말한다. "선생님, 평생에 두 번째로 꽃을 받습니다."

그 뒤 그 친구 남편이 보이길래 "야, 아내에게 자주 꽃 좀 선물해라."

≪ 불나비

* "자본과 국가의 개입으로부터 자유롭고, 또 자유롭기 위해 투쟁하는 진보 운동의 독자적인 정보인프라를 확보"하는 것을 목적으로 1998년 11월에 창립된 단체이다. 김진균 선생은 이 단체의 초대 대표를 맡으셨다.

뽕뽕, 해방이다

2001년 11월 03일 11시 24분 01초

방구.

캄캄한 세상, 황무지 같은, 돌이 구르고 모래가 이는,

먹구름 덮인 세상.

방구, 해방이다.

어둠을 거두어 내고

푸른 하늘 밝은 햇살 들게 하는

해방이다—변혁이다.

방구, 그 소리, 요란하게 울려라

새로운 세상 여는 함성이다.

새 세상 여는 해방의 소리이다.

2000년 5월 1일 일지에서*

불나비처럼

종합병원 외과병동에 입원한 환자들은 대개 큰 수술을 받은 사람들이다. 수술 받고 난 뒤 환자들은 복도를 걷는 운동을 하라고 의사와 간호사가 권한다. 환자들은 아침 일찍부터 저녁 늦게까지 복도를 몇 바퀴 돌아서 운동을 한다. 혈관주사와 소변을 받는 그릇이 달린 홀더를 밀면서 혹은 부축을 받으면서 아픈 것을 참아 가면서 한 바퀴 돌고 두 바퀴 돌고 해서 차츰 운동량을 늘인다. 어떤 환자는 수술이 잘 되어서 다행이라고 하지만, 다른 환자는 치료가 불가능하다는 판정을 간병하는 가족이 듣고도 알려 주지 않으니 회복하리라는 믿음을 갖고 부지런히 걷는다.

작년 오월 어느 병동에서 어느 젊은 여성환자가 참으로 비쩍 마르고 기진맥진한 상태로 보이는데 한사코 걷기 운동을 열심히 한다. 의사와 간호사가 너무 많이 하면 좋지 않으니 적게 하라고 권해도 한사코 한다. 옆에서 보기에 민망할 정도이다.

그녀는 그때 방구를 뀌어야 하는 절대절명의 상태에 있었던 것이다. 수술을 하고 난 뒤 의사나 간호사나 간병가족이나 또한 환자 자신이나 우선 기다리는 것이 방구이다. 방구를 뀌어야 수술이 일단 성공이다고 판단하는 것이다. 방구가 나오질 않으면 당사자들이 초조해진다. 다시 어떻게 수술을 해야 하는 것인지, 다른 병이 나타날는지 걱정이 태산 같은 것이다. 외과병동은 방구를 기다리는 기도소리가 들리지 않게 처절하다.

옛날 옛적에 호랑이 담배 먹던 세상, 이승만 박사가 있었다. 그는 대통령을 하고 있었다. 국부(國父)라는 칭송도 들린다. 이박사를 평생 영원토록 대통령으로 모시고자 하는 사람들이 생겼다. 이박사는 무심한 듯 강태공처럼 강에 나가 낚시를 하고 있었다. 아름다운 산천에 속이 좋아졌는지 방구가 뿡하고 나왔다. 옆에 있던 사람들 중에서 재빠르게 내무부장관이 얼른 "각하, 시원하시겠습니다" 하였다.

이 좋은 소식은 국민에게 알려야 해—해서 도하 신문에 보도되었다—"각하, 시원하시겠습니다."

옛날옛날, 안채와 사랑채가 있던 시절. 영감이 거처하는 사랑채에서는 가끔 뽕뽕하고 방구 뀌는 소리가 집을 흔들리게 한다. 안채 마나님이 거처하는 안방에서는 어느 세월 한번도 방구 소리가 나지 않았단다.

등산을 하노라면 건강한 사람은 방구를 뀐다. 아, 그런데 방구를 뀌어 보지 못한 사람도 있구나. 그 소리 듣고는 "야, 난 평생에 방구 한번 뀌어 봤으면 원이 없겠다, 제기랄" 하고 부러워한다.

요즈음 어느 신랑신부—신부는 방구가 나오려고 하면 조심스럽게 신랑이나 가족이 없는 곳을 찾아 나가 조심스럽게 내보낸다. 그러기를 몇 번 하다 보니 번거롭고 갑갑하다. 그래서 기회를 잡아서 신랑한테 말하였다. "나~ 자기. 방구를 그냥 자기 있는 데서 뀌어도 괜찮겠지?" 그 말을 들은 신랑, 그도 "응, 나도 그래……그러자."

그리하여 뽕뽕, 해방이어라.

≪ 불나비

* 김진균 선생님은 2000년 4월 말에 대장의 일부를 잘라내는 수술을 받으셨다. 이 시는 그 직후에 쓰여진 것이다.

눈에 흙이 들어와도

2001년 11월 15일 18시 21분 35초

　오늘 이야기는 아무래도 대학 동창 친구 한 사람을 끄집어내 할 수밖에 없다. 그 친구가 이 글을 본다한들 양해해 주길 바란다. 이제 그도 정년퇴직하여 낙엽을 밟으며 가을이 깊어감을 알며 지난날을 담담히 되돌아 볼 수 있을 것이기에.

　그 친구는 50년대 중반 청운의 꿈을 품고 서울로 올라 와 꿈에 그리던 학교의 학과에 합격하였다. 충청도 깊은 산골 '가난한 농부'의 아들로 태어났으나 재주가 있었다. 대학생활인들 따뜻한 하숙생활을 할 수 없었다. 연탄도 구하기 힘든 시절, 판잣집 추운 방에서 벌벌 떨면서 청운의 꿈을 위해 매진하였다. 공부만 하였다.

　판자촌 가여운 야학에 나가서 가끔 불우한 처지가 같은 그 곳 어린이를 위해 수업봉사를 해 주는 것 외에는 별로 관심을 두지 않았다. 목표는 고시에 합격하는 것이었다. 흔히 말하듯이 '불우한 이웃을 구하기' 위해 매진하였다. 불우하게도 합격이 잘 되지 않았다. 그러니 졸업하고도 불우한 세월을 지낼 수밖에 없었다.

친구들이 권하기를 그의 맑고 굵은 목소리를 살려서 직업을 택해 보라고 권했다. 그가 응시한 곳은 지금은 없어진 '동양방송'이었다. 삼성이 세운 이 방송국은 80년 '전두환장군'이 정권을 잡자말자 언론 통폐합작전에 의하여 몰수되다시피 하여 현재의 KBS-2TV로 변하였다.

그가 필기시험에 합격하여 최종 면접고사를 받게 되었다. 그가 들어선 면접고사장에는 당시 삼성의 창업자라는 왕회장이 몇몇 사장을 거느리고 앉아서 맞이하고 있었다. 당시 그 회장은 몇 년 전만 하더라도 그의 재벌을 건설하는 데 필요한 인재를 뽑을 때 '관상쟁이'를 옆에 앉혀서 사람을 살피라고 했다는 소문이 있었다. 그 회장이 관상을 보는 솜씨가 늘어서 이제 직접 사람 얼굴을 살피게 되었다는 소문이 자자하던 때였다.

내 친구가 들어서자 입사응시용 서류를 뒤적이던 회장이 안경 너머로 그를 쳐다보더니 "사회학과 졸업이군. 학교 다닐 때 데모께나 했겠군" 중얼거리더란다. 사실 60년 4.19—날이 새면 데모하고 날이 져도 데모하던 시절조차 꼼짝하지 않고 그의 청운의 꿈을 위해 공부에만 전념하였던 내 친구는 그 말을 듣고 오기가 나서, '아차' 말이 헛 나갔다. "데모 안한 학생이 있나요. 저도 참가했습니다." 그러자 '나가 보게나' 하고 면접은 끝나버렸다. 그리고 불합격하였다.

순진무구한 내 친구, 그는 그야말로 오기가 나서 다음해에도, 그리고 그 다음해에도 그 면접시험장에 갔고, 그 때마다 그 회장으로부터 "응, 자네 작년에 왔었지" 한 마디 듣고 끝나버렸다.

그 내 친구는 그 때까지도 순진무구한 생각을 가져서 불우한 사람을 돌보기 위하여 '노동청'에 엘리트 요원으로 들어갔다. 그런데 세월이 그 세월이라 그는 70년대 줄곧 '전태일'의 청계천노동전선의 저편에 서게 되었고 "노동자들이 말을 잘 들으면 잘 살게 될텐데" 하는 안타까움으로 세월을 보냈다. 그리고 노동자대투쟁이 있고 난 80년대 후반 그는 '무노동 무임금' 깃발을 잡고 있었다.

70년 전태일이 열사가 되었다. 그 열사의 힘으로 70년대 중반 어느 열혈한 청년 몇 사람이 삼성에 노조를 만들기 위해 불철주야 노력을 하였다. 성공할 뻔하다가 실패로 돌아갔다. 그 열혈 청년은 지금 50대 중반의 나이가 되었다. 그는 젊은 시절의 그 열기를 불태우면서 현재는 언론개혁운동에 헌신하고 있다. '조·동·중'의 하나가 삼성에 속해 있는 것도 당연한 일이다. 그 때 "내 눈에 흙이 들어와도 노조는 안 된다"는 말이 삼성에서 흘러나왔다. 그 회장이 한 말이란다.

그 말은 유언이 되었는지 현재의 삼성 총수도 그 신념에 무장되어 있단다. 우리나라 말에 '죽어도 안 된다'는 확고한 의지를 표명할 경우 '눈에 흙이 들어와도……'라는 말을 쓴다. 이제 화장이 권장되고 있으니 이 말도 변해야겠지만.

삼성의 무노조 신화는 지금도 지속되고 있다. 가끔 삼성에도 '유령 노조'가 생긴다. 자주적 노조가 성립된다 싶으면 이를 억압하는 동시에 유령노조를 세운다. 자주적 민주노조의 설립은 곧 그 무노조 신화를 없애는 일이다. 지금 삼성에는 노조가 하나 만들어졌다. 그것도 해고 노동자들이 만든 것이다. "그 동안 무노조 신화로 유명한 삼성그룹에서 계열사 단위의 노조가 생겼다 없어지는 경우는 있었지만, 그룹 차원의 초기업 단위 노동조합이 결성되기는 처음이다"(『한겨레신문』 2001년 8월 2일).

오마이뉴스가 전하는 소식에 의하면, '삼성그룹 노조 설립 최초 승인—대구 남구청, 설립필증 교부', 그런데 대구시는 이를 취소하라고 명령했단다.

대구 남구청은 지난 1일 삼성전자와 삼성전기, 삼성SDS, 에버랜드 등 삼성 5개 계열사 근로자 16명이 낸 노조설립 신고서를 수리, 노조설립 필증을 교부하고 노조설립을 공인했다. 행정기관으로부터 최초로 삼성그룹 노조설립을 공식 인정받은 이들은 삼성상용차 노조원으로 활동하다가 상용차 해체로 삼성전자 등 각 계열사로 발령받은 후 퇴사한 사원들로 대구시 남구 대명1동 1721의22에 노조설립 사무실을 마련했기 때문에 관할 구청인 남구청에서 이들의 노조설립 승인 업무를 맡게 됐다.

또 하나의 삼성 노조가 탄생했는데, 실업자 노조로서 '삼성생명해고자복직투쟁위원회'이다. 그 동안 삼성생명노조가 사무금융연맹에 가입해 있어 별도 가입에 어려움을 겪었던 삼성생명해복투는 6월말 서울지역 사무전문서비스직노조에 가입함으로써 민주노총에 정식 가입하게 됐다. 삼성생명노조 역시 노동자를 위한 노조는 아니다.

1999년 5월 부당해고와 잘못된 구조조정에 항의하며 원직복직을 쟁취하기 위한 첫 집회를 연 것을 시작으로 250여명의 해고자들이 지금까지 전국(서울, 충청, 부산, 대구, 호남)에서 계속적인 투쟁으로 이건희 회장 아들 이재용씨의 불법세습에 대한 정당한 조사를 촉구하며 삼성재벌의 불법적이고 부도덕한 만행들을 알리고 있다고 한다.

무노조 신화는 결국 무엇을 자초하는가? 무노조 신화에도 불구하고 삼성재벌의 주요 기업은 외국인투자자의 지분이 많아지고 있고, OECD 가맹국들로부터 '노조 없는 이상한 기업, 노조 없는 기업을 방치하고 있는 이상한 나라'라는 눈총을 받고 있다. "내 눈에 흙이 들어와도……"

≪ 불나비

환갑

2001년 12월 06일 02시 43분 19초

　　요즘 기층민중의 사회운동은 오히려 더 치열하다. 구조조정에 의
하여 일자리에서 퇴출당하는 사람이 근래 몇 년 사이에 갑자기 늘어
나고 큰 공공기업도 인원축소해서 사영화하겠다는 정부방침에 의하
여 더욱 더 늘어날 것이다. 이 기층민중이 사회운동을 하자면 자금
이 필요하다. 그 자금마련의 궁여지책으로 하루주점을 열어서 그만
그만하게 서로 도와야 할 사람들이 모여서 몇 푼 되지 않지만 긴요
한 자금을 마련하기도 한다.

　　87년 대운동이 터져 나왔을 때도 마찬가지였다. 당시에는 취업하
고 있던 노동자나 교사나 노동조합을 만들거나 전국단위의 조직을
만들어서 운영하고자 하여 회원들로부터 회비를 거두고자 하면 정
부는 그것을 불법단체라고 규정하여 결성되지도 못하게 탄압하거나
회비수납을 기부법에 어긋난다고 해서 감시하고 차단하곤 해서 사

회운동단체가 재정적 어려움에 직면하는 것이 다반사였다. 탄압을 뚫어내어야 하고 자금도 마련해야 하는 어려움이 항상 있게 마련이었다. 또한 혹 운동단체 요원들을 국가보안법으로 잡아 가두면 그 단체에서 일할 사람을 구하는 것조차 힘들어서 운동사업을 계속하기가 여간 힘든 것이 아니었다.

내 기억을 더듬어 보자면, 운동단체가 자금을 마련하기 위하여 기금마련 전시회를 개최하곤 하였다. 그 중에서 전교조가 출범하여 기금마련전을 개최한 것도 그 사례가 될 것이다.

서양화와 한국화, 서예 작품들, 판화 그리고 사진을 작가들이 큰 마음먹고 출품해 주기도 하였다. 아예 값을 받지 않기도 하고 최소의 값을 받고 나머지 큰돈은 희사하는 경우도 있었다.

이런 전시회를 기획하는 사람들은 불철주야 준비를 해야 했다. 출품작에 대한 교섭을 맡아 해야 했다. 전시장도 구해서 장소 사용료도 되도록 싸게 교섭해야 했다. 무엇보다도 전시된 작품들을 가능한 많이 값은 제대로 되게 해서 팔아야 하는 것이 가장 큰 문제였다. 주변의 연고가 있는 분들이라고 해서 그렇게 전시되는 작품을 구입하는 것은 아니다. 그러한 운동단체의 운동활동에 대해 이해를 구하기도 어려울 뿐만 아니라 이해한들 그러한 작품을 선뜻 돈을 내고 구입하는 것은 아니다. 가진 돈이 있느냐도 문제고 작품에 대한 취향도 있을 것이기 때문이다. 이런 경우 평소에 연고가 있고 재력도 있는 친구가 나타나서 비싼 값의 작품을 사준다면 얼마나 고마운지 모를 일이다.

이러한 전시회 개최에서 빼 놓을 수 없는 작업이 곧 작품을 표구하는 일이다. 작품이 대개의 경우 전시 개최일에 임박해서 도착하기 때문에 표구하는 작업이 단시일 안에 밤새워가며 해야 하는 경우가 다반사였다. 이 작업을 서울 낙원동에서 사업을 하고 있는 한 분이 기꺼이 맡아 주곤 하였다. 그는 스스로 호를 지어 부르기를 연담(蓮潭)이라고 하였다. 그의 남쪽 고향마을에 연못이 있는데 여름이 되면 우리나라에서는 드물게 보는 흰 연꽃이 청초하면서도 매혹적이게 피어난다. 그 분은 우리나라 표구계의 거장(巨匠)이다. 그는 촉박한 일을 맡아 주었을 뿐만 아니라 재정형편이 어려운 운동단체의 사정을 알아서 비용도 저렴하게 하거나 아예 비용을 받지 않기도 하였다. 전시회 출품 작품이 많지 않거나 구색이 잘 갖추어지지 않았다고 판단하면 그가 소장한 것도 적절하게 내어놓곤 하였다. 백두산 천지에 노숙하면서 촬영한 백두산 천지의 사진도 잘 확대해서 액자에 넣어주곤 하였다.

당시 이러한 전시회가 전교조, 전농, 전노협, 전국연합 등 민중운동단체가 주관하여 개최되곤 하였다. 연담은 이러한 운동단체의 기금마련 전시회에 그가 도울 수 있는 방식대로 힘껏 도와주었던 것이다.

그 연담이 올해 환갑이다. 우리나라에서는 예로부터 환갑이 되면 육십평생 살아온 인생을 기리고 축배를 들어 축수한다. 내가 위의 여러 전시회에 관계가 된 경우가 많았고, 그가 나를 매개로 해서 인

61

연이 되어 그렇게 도우곤 했던 것이라, 그의 환갑을 맞이하여 그가 베풀었던 일이 회상되었다. 지금 보면 위의 그 사회운동단체들은 지금도 힘겹게 싸우고 있고, 십여 년 지나는 사이에 운동단체의 지도부도 많이 바뀌고, 실무를 맡았던 사람도 바뀌어 그의 환갑에 꽃 한 송이라도 축하의 뜻으로 보낼 수 없는 처지가 되고 말았다.

　나는 지난 유월 그의 부부를 거제도 한갓진 바닷가 마을에 초대하여 환갑을 축하하는 뜻을 보였다. 파도소리를 들으며 잠들 수 있는 그런 곳에서 밀려오는 파도소리에 기분을 실어서 평소 그가 사회운동에 대하여 우의와 신뢰 그리고 정의로운 감성을 보이며 연대해 준 데 대하여 감사하면서 술잔을 들어 건배하였다.

<< 불나비

71년의 사람들

2001년 12월 21일 02시 17분 43초

지난 달에 『나의 청춘, 나의 조국―71동지회 30년 기념문집』이 나에게 배달되었다. 물론 나의 축하 말도 실리어 있다. 축하의 글을 쓸 때보다 이 기념문집이 배달되어 와서 책장을 여는 순간에 30년 전의 그때가 더욱 생생하게 떠올랐다.

71년의 사람들은 당시 위수령 발동으로 보면 두 층으로 나누어진다. 한 층은 대학에 진주한 군대와 이를 지시한 층이며, 다른 한 층은 대학생으로서 수배 구속 강제군입대의 피해를 받은 층이다. 오늘은 어차피 두 번째 층을 두고 이야기하는 수밖에 없다.

지금 대학생들은 교련이 필수과목이었고 대학생이 군병영에 일주일간 들어가서 집체훈련을 받아야 했다는 사실을 잘 모른다. 그 군사교련과목이 어떻게 해서 폐지되었는지조차 잘 모른다. 71년의 날들을 보면 2월에 정부는 대학교련을 필수로 확정하였다. 당시 군사적 국제정세가 어떠했든 간에, 학도호국단이란 것도 없어진 대학에 교련필수란 대학생들에겐 대학정신을 노예화시킨다고 인식되었으며, 학원통제의 한 방편으로 인식할 수밖에 없었다.

박 대통령은 전국민적인 삼선개헌의 반대를 무릅쓰고 세 번째 대통령으로 당선되어 4.19혁명의 정신에 이미 위배되고 있음을 온 국민이 감지하고 있었던 터라, 다음에는 대통령선거에 나서지 않겠다고 언명함으로써 민주화의 길로 가는 전망을 국민들이 할 수 있었고, 따라서 대학교수들도 대학자율화를 집단적으로 추구하기 시작하였다. 그 전년 70년에는 전태일이란 노동자의 분신이 학생들로 하여금 노동문제에 눈을 돌리게 하였으며, 총선거에 학생들의 감시활동이 운동으로 번져가고 있었던 때에, 교련반대데모가 학생들로 하여금 새로운 문제에 눈을 뜨도록 해 주고 있었다. 서울대학에서는 문리대 사대 상대 법대 학생들이 더욱 치열하게 시위를 하여 휴업령이 내려져 강의조차 못하는 사태도 일어났다.

내가 68년부터 재직하게 된 서울대학교 상과대학에서는 학생들은 교련반대데모를 열심히 하였고, 교수들은 대학자치선언을 발표하여 그 분위기가 심상찮았다. 그런 상황에 10월에 수도경비사 헌병 30여명이 한밤중에 고려대학에 난입하여 학생 5명을 연행하는 사태마저 발생하여 언론에서조차 이 난입사건을 문제삼았다.

박대통령은 드디어 10월 15일 학원질서확립 특명 9개항을 발표하고 서울 일원에 위수령을 발동하여 무장군인을 학원에 진주시켜 수

업중인 1,889명을 연행하였다. 서울대에는 문리대, 법대와 상대 그리고 고대 연대 서강대 성균관대 경희대 외대 전남대에 무기휴업령을 내려 강의실 문을 닫았다. 그리고 문교부는 서울대에 데모주동자를 17일까지 처벌하라고 총학장에게 지시하였다. 그리고 대학 간행물 12개를 폐간시키고 써클 8개를 해체시켰다.

전국에서 제적된 학생은 159명이었고 징계를 받은 학생수는 부지기수이며 그 중에서 데모주동자로 지목되어 강제 입영통지를 받은 사람은 47명이었다. 이들은 잡혀가서 두들겨 맞고 멍이 든 채 경찰관의 호위를 받아 논산훈련소에 가게 되었다. 이리하여 전국적으로 '위수령세대'가 탄생한 것이다. 돌이켜 보면 군사쿠데타를 통해 국가권력을 장악한 박정권은 72년 유신으로 가는 길목에서 군사독재에 저항하는 가장 큰 세력인 학생들을 청소하는 작업을 71년 위수령으로 감행한 것이다.

나는 부임해 간 지 얼마 되지 않은 상과대학에 새롭게 과목을 개척하느라 애를 쓰고 있었는데 그 해 어느 달 어느 날인지 상대학생들이 데모를 치열하게 하던 날이었다. 종전에는 경찰부대가 대체로 교문을 두고 대치하는 것으로 데모를 막곤 하였는데, 그날 따라 처음으로 경찰 사복부대가 대거 학교 안으로 진입하여 강의동으로 들어와서 데모학생들을 색출해서 끌고 가는 것이었다. 비로소 당국이 대학생을 다루는 방법이 달라졌음을 보여주는 것으로 판단되었다. 학생들에게 피하라고 소리를 질렀던 기억이 난다. 이 이후 대학의 교정은 군대와 경찰이 대거 줄입하고 주둔히면서 대학을 장악하던 역사의 시발점이었다.

그리고 10월 15일 위수령이 발동되고 데모주동학생을 제적하라는 지시가 명단과 함께 내려 온 것이다. 당시까지만 해도 학생의 입학과 징계는 교수회의의 의결사항이었다. 교수회의가 개최되었다. 상대는 교수가 많지 않았으며 비교적 연령도 젊은 편이었다. 오전 일찍 개최한 교수회의는 점심시간이 되어도 종결되지 않았다. 상대교수들은 대학자치선언을 할 정도로 교권의 수호에 민감하였다. 젊은 교수들이 주로 징계반대의견을 줄곧 제출하고 있었다. 아무래도 30대 중반의 안교수가 주로 발언을 하여 징계가 되지 않도록 애를 쓴다.

점심시간이 되었다. 점심 먹고 난 뒤 오후 회의가 속개되었다. 드디어 원로교수들의 발언이 나왔다. 현실적으로 징계를 하지 않을 수 없는 상황을 인식하자는 것과 교수들의 여러 충정을 잘 이해해서 학장이 결정하도록 위임하자는 의견을 내고 있었다. 말하자면 학장의 이름으로 징계, 즉 제적을 시키자는 의견을 낸 것이다. 이미 젊은 교수들의 징계불가의 주장은 밀리기 시작하고 드디어 손을 들고 말았다. 회의가 진행되는 동안에 타 대학의 상황 소식도 들어오곤 하였다.

이로써 단과대학 교수회의가 학생징계에 관해 가지고 있었던 권한마저 차츰 학장에게, 그리고 학장회의로 넘어가는 역사를 진행시키게 되었다. 상대에서는 16명의 제적자가 생긴 것이다. 그 비참한 심정을 그들조차 이해하겠는가마는, 교수들도 수난을 동시에 겪기도 하였다. 기억을 되살려 보면 당시 상과대학 교수 두 분이 장기간에 걸쳐 잠적한 일이 있었다. 정식 수배를 당한 것인지는 모르겠다. 나도 웬일인지 당시 학장이 며칠간 여행 다녀오라는 권고를 해서 어디론가 가을여행을 떠났다.

87년 민주화를 위한 전국교수협의회가 결성되었다. 누가 만드는가? 놀랍게도 이를 만드는 사람들이 '출현'하는 것이다. 말하자면 자발적으로 '나타나는 것이다.' 젊은 교수들이 나타나는 것이다. 이 나타나는 교수들 중에는 이 '71년의 사람들'이 중요한 핵심을 이루고 있었다. 비단 민교협만인가!

그 71년의 사람들이 모두 올곧게 민주화운동에 종사하는 것은 아니지만 71년의 위수령 체험세대, 즉 대학 1학년으로부터 대학원 2년차까지 육년간을 한 세대로 한 당시 학도들이 이제는 사회운동의 중견으로서 선도하는 위치에서 노력하고 있다. 교수만이 아니다. 그 치열했던 87년 노동자 대투쟁에 혜성처럼 나타난 운동가들 중에도 이들이 있고 환경운동, 언론개혁운동, 여성운동 그 어느 영역에서나 그들이 연출하는 몸짓이 이미 71년에 형성되었음을 보여 주는 것이다.

<< 불나비

핸드폰과 복게사이트

2002년 1월 7일–2002년 12월 31일

핸드폰과 복게사이트

2002년 1월 7일–2002년 12월 31일

복제사이트가 사회운동에서 발휘하는 효능이 이제 실증적으로 나타나고 있는 것이다.
이 복제사이트가 연대를 넓고 빠르게 형성하는 힘은 불과 몇 십 년 사이에 전화, 복사
기, CUG시대의 효능을 훨씬 넘어서고 있는 것이다.
이러한 연대망은 그 망을 구성해 가는 사람들의 마음과 감성과 지성, 그리고 도덕성이
깊은 자기 문화에 기초를 두면서도 더 개방적이고 관용적으로 되기를 요구하는 것이다.

ㅡ「핸드폰과 복제사이트」에서

천년을 내다보며

2002년 01월 07일 12시 54분 07초

천년을 바라보는 예술 먹판화. 우리 나라 고판화—조선시대의 판화사와 고려시대의 팔만대장경을 만든 선대 각수*들의 문화정신이 새겨있는 곳이다. 요즘 유행하는 유성판화와 먹판화를 비교해 보면, 유성판화는 인쇄한 것처럼 새까맣고 먹으로 찍은 것은 희끗희끗 음기가 서려있는 귀티가 나고 고유한 색을 지니고 있다. 원래 우리나라에서 만든 송연먹은 중국사람도 탐낼 정도로 굉장히 좋았던 것이다. 소나무를 태워서 만드는 송연먹은 지금 전래되지 않는다.** 그래서 음기가 반짝반짝 나는 먹빛을 얻기 위해서 먹을 갈 때 천궁(川芎)이라는 한약재를 다려서 거기다 먹을 간다. 그러면 '천궁의 먹빛'이 난다. 판화는 이렇게 정성스럽게 준비되어야 한다. 종이도 한지 중에서 표지가 부드러운 비단결 같은 것을 고른다.

이것을 바로 사용하지 않고 그냥 최소 5년을 재워 둔다. 그러면

종이가 더욱 좋아진다. 이런 종이에 천궁의 먹물로 판긱을 찍으면 작품이 천년을 간단다. 판은 은행나무를 사용한다. 판 역시 1년 이상 묵힌 다음에 사용한다. 은행나무는 단단하고 잘 휘지 않아서 각도 깊이 새길 수 있고 보관하기도 좋다. 판은 찍고 나면 휘지 않도록 판 양 옆에 마구리를 해서 보관한다. 그러면 다시 언제든 판을 찍을 수 있다.

이 먹판각에 관한 이야기는 2001년 11월 28일부터 12월 12일까지 첫 개인전을 개최한 판화가 홍선웅씨가 그의 판화를 설명하면서 한 이야기다. 고려 팔만대장경을 가지고 말한다면 이 판각문화는 이미 750년이나 오래된 것이다. 팔만대장경을 만든 각수들이 몽고의 침략기 헐벗고 굶주린 속에서도 16년간 칼을 들고 글을 파서 만든 그 고행 속에 천년을 내다보며 그것에 견뎌낼 자료와 기술과 정신으로 각판하였다고 진단할 수 있다는 것이다. 현재 우리가 사용하는 종이로 유성판화를 만들면 오래 가 보았자 3백년을 넘을 수 없단다.

당시 동북아의 불경을 집대성해서 만든 팔만대장경—알다시피 몽골의 징기스칸은 대제국을 건설하였다. 몇 년 전 미국의 주간지 『타임』이 인류 역사상 가장 위대한 인물로 뽑았던 사람 징기스칸—왜 미국의 주간지가 그를 뽑았을까? 이 점은 우리가 1997년을 지나면서 뼈저리게 당하고 있는 바 미국 주도의 '전구지적 통합 자본주의화'의 신자유주의를 생각하지 않고서는 이해할 수 없을 것이다. 몽골이 필요로 하는 이 세상의 물자와 인력을, 인종과 미신과 귀족의 탐욕스러운 영지와 산과 바다의 모든 장애를 물리치고 신속하고 저렴하게, 그리고 필요에 따라서는 갈취하는 형태로 도착하게 해서 욕망을 충족하게 하는 데 있었다. 고려 강토는 몽골군에 의하여 무참하게 짓밟히고 금, 은, 비단, 곡물 그리고 처녀들이 수없이 몽골로 들어갔다. 일본을 원정하기 위해 온 몽골군대의 주둔 비용과 전쟁 소요물자는 말할 것도 없고 몽골 출신 왕비의 탐욕스러운 사치를 충당하기 위해 고려 인민의 수탈은 말할 수 없을 정도로 극심하였다. 조(祖)와 종(宗)으로 군주의 이름이 정해지던 것이 왕(王)으로 강등되어서도 몽골풍의 사치와 권력에 탐닉한 왕들은 자주적인 주인 행세를 하지 못하고 오히려 몽골 대제국의 '세계화'에 멋겨워 했다.

팔만대장경을 만드는 일은 무엇일까? 누구의 말처럼 '미신과 수난의 미학'인가? 어쨌든 팔만대장경을 만든 고려는 민중의 견디어 내는 힘으로 존속하게 되었고, 그 수탈을 일삼던 몽골 원나라는 먼저 망했다. 조선시대 일본은 수 차례 팔만대장경의 인쇄본을 얻어갔다. 어떤 정신적 빈약함을 채우기 위해서였는지 모를 일이다.

우리가 어떤 사태에 대해서든지 미신 차원에서 접근할 수는 없을 것이다. 수난의 세계화 물결에 의해 휘둘려 사는 민중은 자신의 세대만이 아니라 만대로 내려가며 살아갈 후대를 위해서 '천년을 내다보며' 기획할 일은 해야 되지 않겠는가!

<< 불나비

* 각자장[刻字匠]. 글자 그대로 목판에 글자를 새기는 기능을 가진 상인을
   뜻한다.
** 먹[墨] 또한 인쇄술이 생겨나기 전부터 생산하여 널리 활용했다. 삼국시
   대에 이미 먹이 생산되었으며, 중국에까지 수출되었음이 옛 문헌에 나타
   나고 있다.
   우리 나라의 먹에는 송연먹(松煙墨)과 유연먹(油煙墨)이 있었다. 송연먹
   은 소나무를 태워 생긴 그을음과 아교, 물을 배합하여 제조하였고, 유연
   먹은 콩, 유채, 동백기름 등을 태워 생긴 그을음을 주원료로 하여 만들었
   으며, 이를 참먹이라고도 했다. 초기에는 주로 송연먹이 생산되다가 유
   연먹도 나왔는데, 유연먹은 필사하는 경우는 좋으나 책을 인쇄해 내는
   데는 번지고 희미하여 송연먹만 못하다는 평을 받았다.
   이처럼 우리 나라에는 인쇄술이 생겨나기 전부터 이미 품질이 좋은 종
   이와 먹을 생산하여 국내의 대량 수요를 충당함은 물론 중국에까지 수
   출도 했다. 인쇄에 필수적인 먹과 종이가 있었기 때문에 중국으로부터
   초기의 인쇄 지식과 기술을 얻자 우리 나라에서도 이내 인쇄술이 싹트
   게 되는 계기가 되었던 것이다(한국인쇄사, http://www.kpri.or.kr/right13.htm).

외할아버지가 들려주신 이야기

2002년 01월 29일 17시 01분 27초

나는 며칠 전 78년과 79년에 번역 발간된 파란츠 파농의 책을 찾았다. 이 칼럼을 쓰기 위해 자료를 찾기 위해서였다. 파농의 책이 우리나라에서 그 두 해에 세 권이 번역 출간되었는데 마침 나는 그 책들을 80년 5월 말경에 읽었다. 기억하겠지만 그 해 5월 광주는 국군에 의해 쑥대밭이 되었으며 전국에 계엄령이 발동하고 있었다.

내가 봉직하고 있던 대학도 문이 닫히고 있어서 '한적한 곳'에서 며칠을 지내면서 하필 파농의 책을 읽었는지…….

그의 책들을 읽고는 특히 알제리독립운동에서의 여성의 위상에 관한 진술부분이 오래도록 기억에 남았다.

"(프랑스)군인들에게 잡혀갔다 일주일이 지나서 여자가 돌아온다. 그녀에게 구태여 묻지 않아도 그녀가 수십 차례 능욕을 당했음을 이해할 수 있다. 남편이 적에게 잡혀갔다가 온 몸에 타박상을 입고 혼미한 정신으로, 살았다기보다는 거의 죽은 상태로 돌아온다……프랑스 캠프에서 두 주간을 보내고 돌아온 아내를 맞이할 때 여보라는 말과 함께 배고프지 않으냐고 물으면서도 그녀를 쳐다보지 않고 고개만 숙인다"(『몰락하는 식민주의』, 108-9면).

파농은 독립운동 투사이고 정신과 의사였다. 그는 투쟁에서 오는 정신질환을 치료하는 의사였다. 한 알제리 남자가 고민을 털어놓는다.

"전 아내가 프랑스 놈들에게 능욕 당했다는 얘길 들었지요……그녀가 더러운 치욕을 당하게 된 것은 저 때문이었지요……저는 농부들이 그들의 눈앞에서 강간당한 자기 아내의 눈물을 닦아주는 것을 보았지요. 이것은 저를 크게 동요시키는 것이었지요. 사실 처음에는 그들의 태도를 이해할 수가 없었습니다. 그러나 우리는 점차 비전투요원들에게 사태를 설명하기 위해 그러한 사건에 개입하게 되었지요. 저는 프랑스 놈들에게 강간당해 그 녀석들의 애새끼를 밴 여자에게 청혼하는 비전투요원을 보았습니다……. 독립이 되면 전 아내를 데려다 살겠습니다. 우리끼리 해결이 잘 안 되면 또 당신을 찾겠습니다"(『대지의 저주받은 자들』, 208-9면).

알제리는 드골이 프랑스 대통령으로 있을 때 독립하였다. 파농은 독립을 보지 못하고 죽었다. 나는 이 글을 보면서 프랑스 군인들에게 능욕당한 알제리 여성을 남자들이, 농부들이 감싸고 가는 그 장면에 탄식을 금할 수 없었다. 파농은 독립운동과정에 참여하는 알제리여성이 해방되고 근대적 인간으로 탄생하는 면모를 잘 기술하였다. 고통이 희망을 만들어내며 정신의 공동체를 만들어가는 점을 감명 깊게 진술하는 과정에서 위와 같은 사실을 기술하였다.

내가 아마도 여성의 정조문제(?)에 대하여 처음으로 깊이 생각하게 된 것은 80년에 이 파농의 글을 읽기 훨씬 이전이라고 생각된다. 60년대 후반 내가 나이가 30대를 곧장 넘어가던 시절에 저 멀리 시골에 사시는 외할아버지를 뵙고 그 분으로부터 옛날 이야기를 들었을 때였다. 외할아버지는 구십을 넘게 사셨고 시골에서 감농(監農)을 하시면서 출입할 때는 갓을 쓰고 한문을 읽고 하던 그런 분이었다. 당시 알만한 젊은이가 결혼을 했는데 신혼여행을 다녀와서는 신부에게 소박을 놓았다. 즉 이혼을 선언한 것이다. 첫날밤을 지내보니 신부가 처녀가 아니었다는 것이다. 이 이야기를 들은 외할아버지는 혀를 차며 옛날 이야기를 들려주시는 것이었다.

옛날 (말하자면 동족마을을 이루고 농사를 지으면서 중매결혼을 하고 결혼식은 신랑이 신부집에 가서 하는네 그 결혼식장에서 힐 끗 처음으로 배우자를 보게 되던 그런 옛날), 신랑이 신부집에서 결혼식을 올리고 장가를 들었는데 첫날밤에 갑자기 신부가 배를 부여잡고 끙끙거리는 것이 아닌가! 신랑이 쳐다보니 땀을 뻘뻘 흘리면서 고통스러워하는데 산기가 있는 것이다. 참으로 기절초풍할 노릇이다.

그러나 신랑은 침착하게 마음을 먹고 아이를 받을 준비를 하였다. 밖에 사람을 조용히 불러서 손을 씻어야 하겠으니 따뜻한 물 한 대야를 달라고 해서 산모와 아이를 받아 말끔하게 씻겼다. 신랑은 갓난아이를 포에 잘 싸서 바구니에 담아서 몰래 밖으로 나와 동네 앞 다리 밑에 가서 걸어 놓고 왔다. 그리고는 장모를 불러서 갑자기 미역국이 먹고 싶다고 해서 미역국을 끓여 들이게 하였다. 그 국을 산모에게 먹였다. 그리고 새벽이 되자마자 장인 장모에게 말하여 집에 큰 볼일을 미루고 온 일이 있어서 급히 돌아가야겠다고 차비를 해 달라 하고는 나섰다. 아내를 잘 부축해서 말에 태우고 집을 나서서 몇 십리 떨어진 집을 향해 가는데 다리 밑에 놓아 둔 아이를 찾아갔다. 본가에 가서는 우연히 갓난아이를 주웠는데 자식 삼아 길러야겠다고 말하고 살았다. 신부는 평생 남편을 공경하였고 남편은 아내를 평생 잘 거두면서 살았단다.

외할아버지는 이 이야기를 들려주시고 첫날밤 처녀가 아니라서

내쳤다는 그 젊은이의 경박한 처사를 나무랐던 것이다. 나는 이 이
야기를 듣고 그 고루한 외할아버지의 인간다움의 규모에 찬탄을 금
치 못하였다.

<< 불나비

섣달 그믐날

2002년 02월 14일 11시 14분 32초

설이 되면 새해 인사를 한다. 새해 복 많이 받기를 서로 축원한다. 섣달 그믐날이면 각별히 생각나는 사람들이 있다.

새해가 되면 연하장을 보내는 관습도 우리나라에서 어지간히 자리잡고 있다. 80년대 후반 그리고 90년대 초반 간혹 감옥으로부터 보내온 연하장을 받는 경우가 있었다. 당시 재소자들은 연하장을 다섯 장만 허용받아 우송할 수 있었다고 한다. 몇 사람이 그 귀중한 연하장을 나에게도 한 장 보내 준 일이 있었다. 그 귀중한 연하장에 가슴 뭉클하지 않을 수 없었다. 당시 나에게 연하장을 보내던 사람들은 그 뒤에 석방되어서 지금은 사회 각계에서 열심히 활동하고 있다. 감옥에 가게 된 그 이유가 대체로 반독재 민주화 운동을 하는 것에 있었기 때문에 그 운동의 열정으로 지금은 더 나은 민주화의 진전을 위해 노력하고 있다.

그런데 요즘도 국가보안법에 저촉되어 감옥에 있는 사람이 옛 정권 때보다 더 많다고 하니 역사의 흐름에서 보면 이해하기 어려운 상황이라고 생각된다. 그런데 올해도 감옥에서 설을 보내는 사람들 중에는 민주노총 단병호 위원장과 금속산업노조 문성현 위원장을 포함해서 상당히 많은 노동자가 있다.

단 위원장은 80년대 후반 노동운동에 헌신한 이래 설을 가족과 함께 단란하게 집에서 지낸 경우가 적다. 그가 민주금속노조연맹위원장으로 있을 때 마침 설을 가족과 함께 지내게 되어 가족과 함께 우리 집에 온 일이 있었다. 단 위원장 자신도 밝은 표정이었지만 부인이 더욱 즐거운 표정이어서 화사하게 화장한 맵시가 그 기분을 충분히 표현하고 있었다.

민주금속연맹이 출범하던 당시 그는 감옥에 가 있었다. 부산에서 출범식을 하는데 서울에서 몇 사람이 내려가서 그 출범을 축하하였다. 당시 단 위원장은 출범식에 참석하지 못하였고 부인이 참석해서 그 역사적인 일에 축하를 보내 주었다. 그 날 저녁 서울로 돌아오는 차편에 부인과 동석하게 되었는데 그 때 부인은 애절하게 남편의 출소를 고대하고 있었다. 그리고 우리에게 당부하는 것이었다. 제발 다시는 감옥에 가지 않도록 해 달라는 것이었다. 아, 참—우리의 일이다.

우리는 그나마 우리나라 민주화의 역사를 낙관하고 있었다. 그가 출소하고 나면 다시는 감옥에 가지 않을 것이라고 믿고 있었다. 노동자의 힘찬 운동으로 민주노총이 출범하였고 합법화되면 한국의 민주적 노동운동은 아주 정상적인 것으로 정착하리라고 생각하였다.

역사는 희망하는 대로 그 경로를 거치지 않기도 하는 모양이다. 더구나 97년 이후 급격하게 구조조정을 감행함으로써 노동자가 대량으로 해고되는 사태가 진전되는 상황에서 노동자는 삶 자체가 벼랑에 내몰리고 있다. 헌법에서 명시한 노동권도 무색해진다. 생존 자체가 위급한 것이 대부분의 노동자이다. 국가는 이를 통제하는 길만 끈질기게 철저히 추구하고 있다. 대량해고되는 노동자가 대량으로 구속되고 있다.

민주노총위원장이라고 해서 연맹에서 지불하는 생계비로 가족의 생계가 꾸려지지 않는다. 부인은 남편을 감옥에 보내놓고 지금도 가족의 생계를 위해서 일을 해야만 한다. 그 처지가 문성현 위원장이라고 다른 것은 아니다.

전번 공판에서 단 위원장이 웃음으로 방청석에 나온 노동자 동지들에게 인사를 하였다니 그나마 위안이 된다.

≪ 불나비

발전노조 연대사

2002년 02월 28일 16시 47분 37초

2002년 2월 26일 오후 1시에 서울대학교 노천극장에서 발전노조
와 사회보험노조가 파업투쟁 결의대회를 열었다. 나는 연대사를
하게 되었다. 앞서 발전노조와 사회보험노조 부위원장들이 투쟁사
를 하였다. 나는 사회자로부터 '민주노총 지도위원, 사회진보연대
대표 및 서울대 교수'라고 소개되었다. 그 날 마침 서울대는 졸업
식을 거행하고 있었다.

발전노조 노동자, 사회보험노동자 여러분 반갑습니다.

오늘 서울대는 졸업식을 합니다. 오전에 학과에서 졸업식 행사를
거행하였습니다.

재학생이 졸업하는 선배들에게 송사를 하는데, "선배님들, 오늘

여기 서울대에 들어와 농성하는 노동자를 생각해 주십시오"라고 합
니다. 요즘 젊은이들이 이렇습니다.

　여러분!!
　전노협 아시죠. 강철 대오 전노협을 기억하시죠.
　그 전노협의 결성을 여기 서울대에서 이 세상에 알렸습니다. 당시
경찰이 관악산을 빙 둘러 봉쇄했습니다. 전국에서 모인 노동자들이
그 관악산을 타고 들어와 대회를 열고 전노협 결성의 뜻을 알렸습니
다. 그리고 경희대에서 전노협 결성 대의원대회를 할 때, 저는 당시
민주화를 위한 전국교수협의회 공동대표로서 민교협 중앙위가 전노
협을 지지 연대한다는 결의를 알려 주었습니다. 작년 11월에 전국교
수노동조합이 여기 서울대에서 출범하였습니다.
　여기 서울대학교는 민주노동운동의 기가 살아 움직이는 곳입니다.
여기 모이신 노동자 동지 여러분, 이 기운을 잘 타셔야 합니다. 교수
노조는 지난 2월 23일 대의원대회를 열고 상급단체로서 민주노총에
가입하기로 결의하였습니다.
　교수는 일반적으로 말해지듯이 '철밥통'이 아닙니다. 전국 대학교
교단에서 강의하는 사람들중에 60%는 임시직, 비정규직 노동자입니
다. 그 40%인 정규직 교수도 재임용제에 의해 신분이 불안하게 흔들
려 왔습니다. 교수도 여러분과 같은 반열의 노동자입니다. 이 점을
여러분이 이해하셔야 합니다.

교육은 철도 전기 가스 및 사회보험과 마찬가지로 공공성 기초에 관련된 것입니다. 지금 이 공공성이 심히 흔들리고 훼손되고 있습니다.

저를 아까 사회진보연대 대표라고 소개하였습니다. 사회진보연대는 몇 년 동안 공공성에 대해 고민하고 공공노동운동에 연대해 왔습니다. 발전노동자 여러분 중에는 요즘 사회진보연대의 활동가가 눈부시게 여러분을 연대하고 있는 사실을 아는 분도 계실 것입니다. 사회진보연대는 확실히 여러분과 연대하고 있습니다.

여러분, 저가 오랫동안 민주노동운동을 지켜보면서, 사회운동에 동참해 가면서 한 가지를 명확히 절실하게 인식하고 있습니다. 민주노동운동이 활력을 가지고 뚫고 나가는 데는 '단결 투쟁', 아까 여러분이 불렀던 노래, '철의 노동자'에 나오는 '단결 투쟁'만이 길이라는 것입니다.

여러분, 노동자 동지 여러분,
'단결 투쟁'!!!!

<< 불나비

핸드폰과 복제 사이트

2002년 03월 11일 14시 28분 00초

2002년 3월 8일 오늘로써 열흘째 파업을 진행하고 있는 발전(發電)노동조합과 관련하여 두 가지 점이 주목된다. 첫째는 핸드폰이 파업투쟁에서 갖는 효능이고, 둘째는 홈페이지의 효능이다. 발전노조 조합원 노동자로부터 들은 이야기에 의하면, 이번 파업에서 핸드폰의 위상은 상당히 진전되고 있고, 한편으로 홈페이지도 독특한 효능을 발휘하고 있다.

발전노조가 파업을 감행할 수 있었던 것은 노조지도부와 조합원 간의 신뢰가 굳은 데 바탕을 두고 있음은 두말할 것도 없을 것이다. 어느 파업이든지 그것이 굳게 단결해 수행되자면 노동자들의 상호 신뢰가 기초적이고 기본적인 요소일 것이다.

전국에서 모인 발전노조 조합원 노동자들은 처음에 서울에 있는 어떤 대학에 들어가서 농성을 하고 있었다. 며칠 지나자 노사간의 교섭은 교착상태에 빠지고 사용자와 국가는 파업을 깨기 위하여 탄압과 분리전략을 수행하고 있었다. 이러한 사태에 직면하자 파업이 오래 갈 것이라고 예상되었다. 그러면 어떻게 할 것인가?

한 장소에서 옥쇄작전을 할 것인가, 혹은 아주 작은 단위로 나누어 산개해서 투쟁할 것인가를 결정해야 했다. 지도부도 조합원도 그 어느 것을 결정하기가 쉽지 않았다. 그렇게 되자 지도부는 옥쇄냐 혹은 산개냐를 조합원들의 분임토의를 통해서 결정하고자 하였다. 그리하여 농성조합원들이 끼리끼리 모여 분임토의한 결과, 산개작전을 택하게 되었다. 열 명이 넘지 않게 조를 짜고 조장을 선임하였다. 조합원들이 가지고 있는, 거의 모든 조합원들이 가지고 있는 핸드폰을 조장에게 맡기고 조장만이 핸드폰을 휴대하기로 하였다. 이 조장의 핸드폰으로 파업지도부와 상황실에 연락을 하기로 한 것이다. 그런데 왜 파업조합원들은 핸드폰을 갖지 않게 결정했는가? 이 점이 핸드폰 효능에 관한 엄밀한 판단이 요구되는 문제였다.

핸드폰은 어느 시간이나, 어떤 장소에서도 쉽게 통화되고 접속된다. 여러분은 핸드폰을 가지고 아주 자주 그리고 쉽게 누군가와 접속하고 통화할 것이다. 가족이 전화를 하게 되어 안부를 묻고 걱정을 하게 되고 어린 자식이 보고 싶다고 하소연을 하게 될 것이다. 파업노동자가 가족과 통화를 자주 하게 되면 될수록 파업장소를 떠나서 가족을 만나고 싶어할 것이다. 그러면 저도 모르게 파업현장을 이탈할 수 있게 될 것이다. 그 뿐만 아니라 사용자측, 즉 회사측이나 경찰이 그 핸드폰으로 회유도 할 것이고 위협도 줄 것이다. 가족을 시켜서 돌아오라고 하소연도 하게 할 것이다. 이러한 공세를 미리 차단하기 위하여 스스로 파업노동자들은 핸드폰을 자진 휴대하지 않는다고 결의한 것이다.

한편 발전노조는 홈페이지를 통해 모든 사항을 조합원에게 알리는 것이다. 신문이나 라디오, 텔레비전을 통해 나가는 어떤 소식도 신뢰하지 말고 오직 홈페이지를 통해 알리는 소식, 지시나 방침만을 신뢰하도록 한 것이다. 그렇게 되자 서울 넓은 지역에 산개한 파업노동자—그들은 옷도 말끔히 바꾸어 입었다. 일상복을 착용토록 한 것이다.—이들은 오로지 핸드폰으로 상황을 보고하고 홈페이지를 통해 모든 소식을 알도록 된 것이므로 파업에 관한 어떤 불안도 씻어가면서 대오를 이탈하지 않고 파업을 진행할 수 있게 된 것이다.

그런데 정부는 총리의 입을 통해 파업노동자를 '배신자'로 매도하고 경찰과 검찰은 파업지도부를 검거하겠다고 나서고 있고 사용자 측은 고발과 해고를 서슴없이 진행하였다. 그런데 저 홈페이지는 어떻게 할 것인가가 문제였다. 그냥 가서 그 홈페이지를 깨부수고 싶었을까? 그래서였는지 경찰은 정보통신부산하 정보통신윤리위원회에 발전노조 홈페이지를 폐쇄해 줄 것을 요청했다고 보도되었다. 그 발전노조홈페이지는 '진보네트워크센터'의 호스팅 서비스를 받고 있다. 경찰이 여기에 어떻게 가서 폐쇄를 시킬 것인가?

엄두가 나지 않는다. 우선 폐쇄요청을 해도 진보넷은 그것이 언론의 자유를 침해하는 것이라고 반박할 것이다. 더 곤란한 점은 진보 넷에 압수영장을 가지고 가서 발전노조 홈페이지가 들어 있는 서버의 하드디스크를 확인하고 압수해 간다고 하더라도 그 하드디스크에는 발전노조 홈페이지 하나만 들어 있는 것이 아니고 여러 운동단체의 것도 들어 있으니 하나만 분리해 갈 수 없다는 것이다. 여러 개 들어 있는 하드디스크를 압수하면 다른 단체에 대해 부당한 권력을 행사하는 꼴이 된다. 그러므로 주저할 수밖에 없다.

더욱 난감하게 하는 것은 설령 진보넷에 있는 발전노조 홈페이지를 폐쇄한다고 한들 그 홈페이지가 사이버 세상에서 사라지지 않는다는 사실에 있다. 즉 다른 곳 홈페이지나 다른 서버 공간에 발전노조 홈페이지를 '복제'해서 설정하고 운용할 수 있을 만큼 기술과 연대의 폭이 넓어졌다는 사실이다. 먼저 민주노총에서 복제사이트를 설치하겠다고 나섰다. 그러면 경찰이 민주노총 홈페이지를 무슨 수로 폐쇄한단 말인가? 설령 무모하게 그 곳을 폐쇄하더라도 이 소식을 이미 듣고 알고 있는 국내의 여러 곳에서, 그리고 국경을 넘어 세계 20여 개 나라의 정보운동단체가 복제사이트를 설치해서 운용해 주겠다고 의사를 밝히고 있는 것이다. 스무 나라라!! 자진해서 만들어 운용해 주겠다는데야, 무슨 수로 발전노조 홈페이지를 없앨 수 있단 말인가?

우리나라 전국 방방곡곡에 PC방이 무수하게 장사를 하고 있다. 몇푼 되지 않는 돈으로 누구나 쉽게 이용할 수 있다. 산개투쟁을 하고 있는 발전노조 조합원들은 게임방에 가서 홈페이지를 통해 사태의 진전과 방침을 알 수 있고 건의를 할 수도 있다. 동영상 기술은 홈페이지를 통해 건강하고 굳센 지도부의 얼굴과 그들이 전하는 육성의 메시지를 보여주고 있다. 사회 여러 운동단체의 지지와 연대를 동영상을 통해서 보고 파업노동자들이 외롭지 않다는 것을 확신하게 된다.

가족들이 모여서, 아내와 아이들이 서울에 올라와 함께 싸우고 있음도 동영상 방송을 통해 보고 얼마나 감격해 하는 것인가!

이미 정보의 네트는 기술적으로 국경을 초월한 지 오래되었다. 세계 여러 나라 정보운동과 노동운동 관련 단체들은 서로 연대망을 구축해 온 지 오래 되었다. 서로 정보를 소통하면서 서로의 고통과 소망을 이야기 해 왔고 가끔 모여서 감성도 나누어 왔다. 이로써 서로 신뢰감을 쌓아 온 것이다. 80년대 후반부터 들불처럼 치솟은 한국의 민주노동운동은 오랫동안 자본의 체제에 흡입되어 있던 자본주의 선진국 노동조합의 노동자들을 노동자로서 다시 일깨워 온 것이고 세계 각국의 노동자들이 한국의 민주노동운동의 역동성을 보아 온 지 오래되었다. 노동운동과 정보운동이 결합하는 국제회의가 자주 개최되어 네트워크를 형성해 가는 속도와 범위가 강화되고 있다. 이러한 배경이 복제사이트 설정의 의지를 발생하게 하는 것이다. 복제사이트가 사회운동에서 발휘하는 효능이 이제 실증적으로 나타나고 있는 것이다. 이 복제사이트가 연대를 넓고 빠르게 형성하는 힘은 불과 몇 십 년 사이에 전화, 복사기, CUG시대의 효능을 훨씬 넘어서고 있는 것이다.

이러한 연대망은 그 망을 구성해 가는 사람들의 마음과 감성과 지성, 그리고 도덕성이 깊은 자기 문화에 기초를 두면서도 더 개방적이고 관용적으로 되기를 요구하는 것이다.

현재 전개되고 있는 발전노조의 파업이 어떻게 귀결될지 모른다. 그리고 이번 파업이 민주노동운동에 미칠 영향도 당장은 가늠하기 어려울지 모른다. 그럼에도 불구하고 이번 파업은 모든 국가적 사안을 사유화 혹은 사적 이윤추구의 장으로 내몰고자 하고 있는 자본의 야만적인 공세와 이를 매개적으로 추구하고 있는 국가-정권의 행태를 우리가 살아가고자 하는 터전과 공동체라는 차원에서 정확하게 인식케 할 것이다. 그리고 저항의 지점이 어딘가를 알게 할 것이다. 신뢰와 연대가 단위노조 차원뿐만 아니라 사회 전체, 그리고 국경을 넘어서 살고 있는 사람들 사이에도 얼마나 중요한 것인지를 알게 할 것이다. 그리고 신뢰와 연대를 구성하는 데 소통의 발전된 기술적 수단의 효능도 크다는 것을 알게 될 것이다.

<< 불나비

기회, 관용, 그리고 선택

2002년 03월 21일 14시 39분 10초

부모와 자식 사이의 이야기—세 가지 에피소드

1

상당히 오래 전 내 동료 교수가 아들이 결혼하게 되어서 말하는데, "자신들이 대학시절 처음 학교에 입학하자마자 서로 연애하게 되어서 결혼하였는데, 아쉬운 점은 자기나 부인이 너무 일찍 연애해서 몰두하는 바람에 다른 사람을 사귈 기회를 폭 넓게 가지지 못했다. 그런데 아들 녀석도 대학 들어가자마자 며느리 될 사람과 연애하여 결혼을 하게 되었다. 자기들 본받지 말고 두루 사람을 사귈 기회를 가지길 바랬는데 그러지 못하고 저렇게 결혼한다." 다행하게 그 양대의 부부는 행복하게 살아가고 있다.

2

지난 연말 오십이 된 교수가 과학기술대학에 다니는 아들과 오랜만에 만났다(아들 학교는 기숙사 생활을 해야 한다). 아버지가 대학생 아들을 보니 너무 대견해서 즐거운 표정을 감추질 못한다.

아버지가 아들에게 말한다. "어이, 너 여학생하고 사귀니?"

아들, "아니요."

아버지, "공부만 하니, 그것 참. 요즘 자식이 연애해서 배우자를 데리고 오는 것이 효도한다는 것이라는데."

아들, "허!!"

옆에서 이 대화를 듣고 있던 육십대 중반의 남자가 개입한다.

"교수양반, 당신은 우리나라에서 진보적 경제학 전공 교수라는 사람이 자식에게 한다는 말이 겨우 '효도한다'는 거요? 그렇게 말하면 안 되지 않소. 적어도 '야, 둘이서 좋아해서 결혼하면 너희들 아름다운 세상을 가꿀 것 아닌가! 그런 동반자를 구했느냐'고 물어야 되는 거 아니요! 아버지가 교수이니 그 똑똑한 아들에게 은근히 아버지와 같이 평생 정규직 직업을 가지라고 해도 그것이 아들에게 얼마나 압박이 되어 스트레스를 느끼겠소. 요즘 과학기술계통 대학을 졸업해도 어디를 간다는 전망을 확실히 할 수 없잖아요. 지금 비정규직 세상이 아니오! 그러면 비정규직 세상에 알맞은 생활태도를 갖추도록 해야 되지 않겠소?"

그러면서 제3자가 이야기를 이어간다.

불나비처럼

　"지금 사랑하는 두 젊은이가 한시간에 3천원 씩 벌자면 얼마든지 일할 게 있을 것이요. 비록 장기적인 꿈을 실현하는 데 여러 조건을 추구해야 하지만 두 젊은이가 아름다운 꿈을 위해서 최소한으로 살아가자면 한시간 3천원 씩 버는 일을 하루 8시간, 한 달에 20일 일하면 겨우겨우 그나마 음식을 장만해 먹을 수 있고 만원짜리 한 장 가지고 색깔이 잘 어울리는 옷도 사 입을 수 있을 거요. 그런데 단 한 가지가 문제라 말이요. 즉 주거문제요. 지금과 같이 집 값이 오르고 전세 값이 오르고 월세가 오르면 한시간에 3천원 씩 벌어가지고는 길가에 나가 노숙을 해야 할 판이요. 자, 그럼 교수양반처럼 아들을 효자로 취급하자면 효자가 되도록 집을 장만해 주어야 하오. 그런데 교수월급 가지고 아들 집 마련해 줄 수 있어요? 무리를 해서 자식 공부시켜 주고 결혼시켜 주고 집까지 장만해 주려면 당신 집도 일찍이 처분해도 모자랄 판이요. 그러니 진보적인 경제학자인 교수 당신은 아마도 임대주택 짓자는 주장을 구닥다리 논리로 글을 쓰겠지요. 그런데 임대주택 짓자는 주장을 이제 젊은 새로운 세대의 아름다운 미래를 위해 짓자는 논지를 펴야 할거요. 그리고 아들인 젊은 사람도 부모에게 은근히 주택 마련을 기대하지 말고 자기네들의 아름다움 꿈을 위해 한시간 3천원 수입이라도 살아 갈 수 있도록 국가가 아주 싼 임대주택을 짓도록 나서야 한다고 주장해야 될 것 아닌가요? 집회를 하고 시위를 해요. 부모들도 겨우 겨우 살아가면서 모은 재산이 있다면 자식에게 모두 흡수되도록 쓰지 말고 자기들의 삶도 선택해서 그 곳에 투자하도록 해야 하지 않겠소. 진보운동을 할 자원이 모두 자식들에게 흡입되어 버리면 어느 세월에 진보운동이 활성화되겠소. 부모들의 선택을 위해서도 자산이 남겨져야 할 것이요.”

아버지와 아들이 모두 감탄한다. 그리고 아버지와 아들이 새 세상을 위해 운동을 해야 할 과녁이 생기는 것이다.

3

오십대 후반의 어머니가 삼십세가 다 된 아들에게 이야기한다.

“너, 사귀는 여자가 있는데 왜 결혼할 생각을 하지 않지?”

“어머니, 그 애 아직 이십대 초예요. 아직 어려요. 그녀도 사람 사귈 기회를 가져야죠.”

어머니가 듣고 놀란다. “그러다가 그 애가 다른 사람을 사랑하면 어쩌려고 그러니?”

“어머니, 그녀가 다른 사람을 사랑하면 그야 그의 선택이죠. 저는 그 선택을 방해하지 않아야죠.”

그 어머니는 놀란다. 그 기회를 갖게 하는 것, 이것이 관용이라는 것이다. 옛날 같으면 애인이 다른 사람을 사랑한다면 배신이고 복수해야지 하는 마음으로 ‘울고불고 할 것이다’. 그런데 이 자식은 어머니 세상하고는 다른, 더 나은 세상을 대비하고 있구나 하고 감탄한다.

여러 사람을 사귄다는 것, 그건 여러 사람이라는 다양성을 전제로 한다. 그 다양성이 확보되어야만 선택이라는 것이 가능하다. 동질적인 것만, 일체적인 것만 있다면 선택의 여지는 없는 것이다. 그리고 그 선택을 존중하자면 관용이 관습으로 되어야 한다. 우리가 다양성과 차이를 인정하고 선택을 중요시하자면 그 차이를 감내하는 훈련이 필요하다. 그 감내에서 관용이 이루어지는 것이다. 옛날에 애인이 '배신'했다면 두 사람은 서로 그 사랑의 고귀한 가치를 경험하였는데도 불구하고 평생 만나지 못할 불구대천지원수로 되곤 했다. 이제 이 아들 세계는 '울고불고 할' 그런 사랑이 아니라 더욱 관용이 바탕이 되는 사랑을 추구하는 것이라고 판단하는 것이다.

그래서 주장한다. 이제 '울고불고 하지 말자.'

<< 불나비

내가 장남이 된 사유

2002년 04월 05일 14시 33분 20초

1

나는 지금까지 살아온 세월에서 가끔 어릴 적의 어떤 영상이 떠오르곤 한다. 몇 살 때 기억인지는 잘 모른다. 서너살 적인지…… 아주 어릴 때 느낀 장면이 떠오르곤 한다. 집안 어떤 구석 혹은 담장 돌아가는 곳이나 구석진 곳에서 절름발이 어린이가 서 있거나 절룩거리는 이미지가 떠오른다. 그 아이는 이 세상에서 없어진 것이다.

그 어린이는 아마도 초등학교에 입학하기 전의 나이로 세상을 떠난 모양이다. 그러니 내 나이가 다섯 살이 채 되기 전에 그러한 이미지를 받아 놓은 모양이다.

그 어린이는 나보다 두 해 먼저 태어났다. 어머니는 약 이십년에 걸쳐서 여덟 아이를 낳으셨는데 첫 번째 아이는 출산하자마자 세상을 떠났고 둘째 아이가 자라다가 소아마비에 걸려서 절룩거렸는데 어려서 세상을 떠난 것이다. 어머니는 사내 애 둘을 어릴 적에 잃은 것이다. 아들을 중시하던 사람들의 세상에서 사내 애 둘을 먼저 잃었으니 집안분위기가 좋지 않았을 것이다.

어머니는 가끔 말하신다. 그 둘째 아이를 좀 적극적으로 치료했으면 죽지 않았을 것이라고.

하기야 일제 강점시기 말엽이니 총독부가 혈안이 되어서 집안을 뒤져서 웬만한 것은 공출로 빼앗아 갔으니 집안 살림이 넉넉할 리 없고 당시야 의료서비스가 누구에게나 접근하기 어려운 상황이었다. 나는 세 번째 아이로 태어나서 다행히 홍역도 잘 치루어 내어 자라서 장남이 된 것이다. 어머니는 나로부터 육남매를 낳으신 것이다.

2

이상하게도 그 절름발이 어린이 이미지가 남아 있고 그래서인지 가끔 내가 장남이 되지 않았다면 어떻게 살아왔을까 하고 쓸데없는 생각을 해 보기도 하였다. 그렇지만 아직까지 장애인이 되지 않고 살아가는 것만으로도 참으로 다행이라는 생각을 할 때가 많다. 선천적 장애인도 많지만 자동차가 많은 세상에서 안전사고를 당해서 장애인이 되는 확률이 높은 세상에서 사지가 멀쩡하게 사는 것만도 얼마나 다행인가 하는 생각을 자주 하곤 한다.

60년대 후반 산업사회학 공부를 하면서 독일의 사회정책을 볼 기회가 있었는데, 장애인에게 정상인과 같이 활동하도록 하기 위한 당시 독일의 복지정책이 도로, 건물, 교육의 여러 시설, 그리고 특별히 그들을 위한 고용정책 등으로 진전되고 있음을 알았다. 당시의 우리나라로 보면 꿈만 같은 것들이었다. 민족의 대학이라 일컬어지는 서울대학교가 1975년 관악산 기슭에서 새로운 모습으로 나타났을 때 도로 건물 어느 것 하나 장애인을 배려한 흔적은 아예 없었다.

그러면서도 나는 장애인에 대한 관심이 깊어지지 않았다.

3

뇌성마비 1급 장애인 수급자 최옥란씨가 3월 26일 새벽 4시에 심장마비로 끝내 사망하였다. 최옥란씨는 약 보름전 과산화수소 한 통과 수면제 20알을 먹고 자살을 시도하여 긴급히 병원에 후송되었으나 보름만에 한 많은 세상을 떠났다.

"기초법이 시행되면서 정부는 저에게 노점과 수급권 둘 중에 한 가지를 선택하도록 강요하였습니다……그런데 노점조차도 포기한 저에게 정부는 월26만원을 지급했습니다. 처음에는 무엇이 잘못되었다고 생각하고, 시청과 구청을 찾아다녔습니다. 제가 지불해야 하는 약값만 해도 26만원이 넘는데……아파트 관리비만도 16만원인데……도대체 나보고 어떻게 살라는 거지? 그러면서도 최저생계를 보장한다는 것인지?……"

　그는 이에 앞서 2001년 12월 3일 '생존권 쟁취와 최저생계비 현실화를 위한 농성단'과 함께 거리에서 농성투쟁을 시작하였다. 국민기초생활보장법에 의해 수급권자로 선정되어 지원받은 생계비를 반환하겠다는 것이었다. 이 시기에 또 다른 장애인들은 이동권을 확보하기 위한 투쟁도 진행하고 있었다.

　최옥란씨가 죽은 다음 날 한 인권운동 활동가가 그를 두고 가슴을 치며 울먹거리는 모습을 보았다. 벌써 10여 년 전에 최씨를 만나고 이 인권운동활동가가 그들에게 관심을 보여준 데 대하여 너무 기뻐했던 기억으로부터, 이 활동가가 너무 힘겨워서 최씨를 적극 도와주지 못한 것이 너무 후회스럽다는 것이다.

　최씨가 명동성당 앞에서 그 불편한 몸을 추스리면서 가두운동을 하는 그 처절한 모습을 동영상에서 보면 절로 탄식이 나온다.

4

　우리는 어디서 희망을 가져야 하는 것일까? 그나마 위안을 주는 일이 보였다. 내가 이번 학기에 강의하는 과목 '사회운동론' 강좌 수강생 중에서 과제물로 장애인의 이동권확보 운동을 주제로 한 것이 눈에 들어 왔다. 그 학생이 작성한 선언문과 강령을 보면 학생들의 생각의 단면을 볼 수 있을 것이다.

선 언 문

지난 수 세기, 혹은 수십 세기 동안 한국 사회에서 인간으로서 당연히 누려야 할 권리들을 부당하게 침해받아 행복한 삶의 영위의 가능성 자체가 봉쇄되었던 장애인의 인권을 확보하고 이 사회의 자유와 평등을 실현하기 위해, 우리는 가장 기본적인 권리이자 다른 권리 실현의 기초인 이동권을 확보하기 위한 장애인 이동권 보장 운동의 시작을 선언한다.

이동권은 인간이 자신의 의지대로 가고 싶은 곳을 갈 수 있어야 한다는 측면에서 너무나도 기본적인 권리일 뿐만 아니라, 교육이나 노동, 문화 향유, 사회적 관계의 형성, 일상 생활의 유지를 위해 반드시 보장되고 실현되어야 하는 당연한 권리이다.

그럼에도 이 사회의 교통 관련 시설과 환경은 장애인을 철저히 배제시키고 있으며, 심지어 지하철 역과 선로에서 장애인이 목숨을 잃는 등 생명에 위협이 되는 수준의 위험 부담까지 주고 있어 장애인을 사회에서 더욱 격리시키고 있는 것이다. 몇 십 년씩 외출하지 못하는 장애인들이 부지기수이고 70퍼센트의 장애인들이 한 달에 고작 다섯 번 외출한다는 통계는 이러한 현실을 잘 드러내고 있다. 장애인의 교육 수준과 취업률이 극히 낮은 것은 바로 이동마저 극도로 부자유스럽고 위험하게 만드는 이러한 사회적 조건에 크게 기인한다. 장애인은 부당하게 창살 없는 감옥에서 인간으로서의 존엄성에 많은 부분 손상을 입고 살아왔던 것이다.

그리하여 우리는 장애인의 이동권 보장이 지금 당장 시급한 문제이며 나아가 장애인의 인권의 완전한 보장에 바탕이 될 수 있다는 인식을 갖고 사회적 차원의 문제 해결을 요구할 것이다. 우리는 장애인의 이동권과 관련한 법률의 제정·개정, 제도의 보완과 개선, 구체적인 시설의 적절한 설치 및 철저한 유지·관리·보수, 사회와 대중의 관심과 인식 제고를 실현하기 위해서 투쟁할 것이다. 인간다운 삶을 위해 애쓰는 많은 단체·세력들과 연대할 것이며 장애인과 비장애인 모두를 포괄하여 조직 차원의 역량을 강화하기 위해서도 노력할 것이다.

장애인도 인간이다! 모두가 함께 행복한 사회의 건설과 인간적인 삶의 질 향상을 위한 힘찬 첫걸음으로서의 장애인 이동권 보장을 위해 우리 모두 굳건한 의지와 연대 의식을 기반으로 앞으로 나아가자!

강 령

1. 우리는 장애인을 포함한 모든 사람이 기본적인 인권을 누릴 수 있는 사회를 건설하고, 만인의 실질적이고 항구적인 자유와 평등을 보장하기 위하여 노력한다.

2. 우리는 인간의 존엄성을 손상시키는 권력과 자본의 억압에 저항하며, 장애인의 정당한 권리를 실현시킬 수 있는 민주적인 의

사 결정 과정을 확보하고, 법률적·제도적 환경을 정비한다.

3. 우리는 장애인의 이동권에 관한 구체적인 시설의 설치·유지·보수를 요구하고 감시하며, 장애인이 안전하고 편리하게 일상생활을 영위할 수 있는 사회적 조건을 쟁취한다.

4. 우리는 장애인의 이동권 문제를 전사회적인 공적 논의의 대상으로 확립시키고, 민주와 인권을 위해 노력하는 모든 세력과 연대하여 투쟁한다.

5. 우리는 장애인의 이동권을 보장받고 나아가서 근본적으로 장애인의 삶의 질이 향상될 수 있도록 조직의 내적 역량을 확대·강화하고, 장애인과 비장애인이 하나되는 공동체를 실현한다.

<< 불나비

사월은 오월을 부른다

2002년 04월 19일 10시 53분 19초

1

몇년 전 민가협에서 활동하시는 '어머니' 한 분이 자기는 마산 출신이라고 말하면서 민가협 활동을 하게 된 연유가 자식의 학생운동과 자기 성장의 배경에 있음을 말해 준 일이 있었다. 마산에서 중학교에 다니던 시절 1960년이 있었고 3.14부정선거 문제가 제기되어 학생들이 마산 시내에서 데모를 하게 되어 자기도 참가하게 되었다. 총소리가 나고 총알이 시내 곳곳에 박히고 서울에 있던 자유당 정권은 마산 학생데모가 오열*들의 사주에 의하여 발생했다고 발표하였다. 그러던 어느 날 마산 앞 바다에서 눈에 탄알이 박힌 김주열 학생 시체가 떠올랐는데 그 사건으로 자유당 정권의 야만성이 드러나고 이를 계기로 경남에서 대구로, 서울로 학생데모가 연쇄고리처럼 혹은 들불이 일어 번지는 것처럼 발생하였고 이에 차츰 서울에서 집중

적으로 4월 19일 소위 사월혁명이라고 이름 붙여지는 사태가 발생한
것이다.

그 여학생이 자라서 결혼을 하고 부지런히 아이들을 키우고 해서
자식이 서울에 올라가서 대학에 입학한 것이 80년대 중반, 자식의
대학입학의 기쁨이 잠깐 하는 사이에 그 귀한 자식이 구속되었다는
소리를 듣고 청천벽력과 같이 놀랐단다.

구속된 자식을 면회하고 자식 걱정 때문에 모인 어머니들의 이야
기를 듣고 보니, 놀랍게도 자식들의 구속이 군사독재타도 데모에 참
가했기 때문이라고 하니 자신이 여중시절 마산에서 데모한 것과 그
대의가 같은 것을 문득 느끼게 되었다. 그리고 그 동안 생계를 위해
몰두했던 생활로부터 갑자기 중학생 시절의 그 의로웠던 데모를 회
상하게 되었으며 자식들의 민주화 운동을 적극 지원하고자 결심하
고 민가협에 참가하게 되었다는 것이다. 그 어머니의 남편도 과거를
되살려서 부부 함께 적극 참여하게 된 사연을 들려주는 것이었다.

2

그 해 4월 19일 계엄령이 발동하고 군대가 서울로 진주하고 대학
은 문을 닫았다. 교정에는 인적이 드문데 햇볕 쏟아지는 정오에도
라일락 향기만 가득하였다. 이렇게 해서 데모는 조용하게 가라앉는
가 싶었다. 그런데 며칠 후에 교수들이 거리에 나와 '학생들 피에 보
답하라'는 플랭카드를 들고 시위를 하였고, 다음날 서울 시내는 온통

대통령 물러가라는 민중들, 시민들, 학생들의 물결로 가득 찼다. 그 해 사월은 이렇게 대중적 혁명의 에너지로 가득 차게 해서 그 한 해를 지나가게 하였다. 다음해 오월은 그 긴긴 군사독재의 시발을 하게 하였다. 5.16군사쿠데타, 그리고 세월이 한참 지나서 79년에 부하의 손에 박장군은 죽음을 맞이하였다. 그리고 80년 오월은 또 다시 다음 세대의 군부독재를 맞이하였다.

3

그 시절, 박정희군사독재는 4.19혁명을 무시할 수 없어서 그 '의거' 정신을 잇는다고 하였다. 그러면서도 4.19묘지 참배를 감시하고 억제시켰다. 4.19묘소를 서울의 구석진 수유리에 유폐시켰으며 아주 별나게 용기있던 몇 분들이 죽은 가족과 친구를 생각해서 사월이 오면 그 묘소를 쓸쓸히 참배하곤 하였다.

박정권이 이름하여 '민족의 대학'이라고 불렀던 서울대가 1975년 관악산 기슭에 새로 자리를 잡았을 때, 각 단과대학에 있던 4.19기념물을 모아서 저 구석진 산비탈 한 곳에 안치시켰다. 80년대 중후반 사월이 오면 대학생들은 군부독재 타도하는 대의의 운동을 시작하기 위하여 수유리 4.19묘소를 집단적으로 참배하기 시작하였다. 그리고 언제나 거리를 통제하는 경찰부대와 한바탕 시가전을 하는 것이었다. 맨 주먹과 화염병을 든 몇몇 학생과 경찰봉과 다발 최루탄을 쏘는 경찰부대가 한 바탕씩 접전을 하는 것이었다. 연행된 학생

들은 경찰서 유치장에서 밤을 새웠다. 교수들이 경찰서에 가서 서명
을 해 주고 학생을 인출해 오곤 했다.

4

1990년을 4월혁명 30주년으로 맞이할 사명을 느낀 진정한 사월혁
명 주역들이 모여 사월혁명연구소를 설립하고 드디어 처음으로 그
혁명의 진정한 역사적 성격을 규명하는 학술대회를 열고 두 권의 논
문집도 간행하고 4월 19일 정오에 수유리 4.19묘소에 모여 참례를
하였다. 사월혁명을 혁명으로 만들고자 애를 쓴 사람들은 청춘을 불
사르면서 민족통일운동－민주화운동을 계속하였으며 그들의 청장년
기와 함께 한 그 기나긴 군부독재정권으로부터 하루도 핍박을 받지
않은 날이 없었다. 그들은 이제 흰 머리카락을 날리면서 그들의 자
식 세대가 대의를 이어가는 데 신명을 바쳐 돕고 있다. 그들은 진정
한 통일의 민주적 민족구성을 아직 실현시키지 못하고 있지만 머지
않아 그들의 꿈이 실현되리라고 믿고 있다.

5

수유리 4.19묘소는 십여 년 전부터 이제 누구나 마음놓고 출입하
고 참배하고 있으며 사월의 봄꽃들과 새롭게 솟는 초록색 잎들의 생
기가 묘 구역을 가득 채우고 있다. 서울대는 올해 그 구석에 위리안
치(圍籬安置)했던 기념물들을 교정 앞쪽 동산에 옮겨 놓았다. 그 희

불
나
비
처
럼

생자들 누구도 아직 자랑스러운 서울대인으로 지정된 적이 없다. 아쉽게도 그 이후에 희생된 학생들을 위한 기념탑이나 기념관이 없다.

무엇보다도 사월에서 오월로 이어진 기나긴 민주화운동의 역사가 복원되지 않은 채 제자리를 잡지 못하고 있다.

≪ 불나비

* 오열(五列)이란 '간첩'을 뜻한다.

뭉칫돈과 튜브고무 축구공

2002년 05월 01일 13시 14분 04초

자동차 바퀴 안에 들어 있는 튜브를 가지고 축구공을 만들어 신나게 차던 시절이 있었다. 해방되고 난 뒤 아마도 1946년, 47년쯤일 것이다. 한반도에 남아 있던 일본군 트럭 바퀴나 진주한 미군 트럭의 펑크난 바퀴에서 꺼낸 튜브로 축구공을 만들었다. 크기는 여러 가지. 어린이의 가슴만큼 큰 공에 바람을 팽팽히 넣어서 차면 공은 하늘 높이 치솟다가 운동장에 떨어지면 그 튕겨지는 높이가 키보다 높게 몇 길이나 솟아오른다. 그 시원하게 튕기는 맛에 운동장에 모인 어린이들은 함성을 지르며 공을 쫓아 몰린다. 아침 조회하기 전이나 수업이 시작되기 전에 운동장에 나온 어린이들 수 백 명은 크고 작은 그 튜브고무공 여러 개가 이리 튀고 저리 튀는 데 따라 뛰곤 하였다. 그 시절 그 고무 공 하나 가지고 나온 어린이는 영웅이고 '부자'였으니 얼마나 으스댈 수 있었는지. 그 시절 고무공 하나만 있어도

불나비처럼

109

신났다.

일제 말, 놀이기구가 있을 수 없었다. 일본이 공출을 마구 해 갔으니 동남아에서 생산되는 고무가 얼마나 귀중하고도 희귀한 자원이었던가! 나중에는 사람들이 고무신도 신기가 어려워지고 있었던 시절이다. 1945년 해방이 되니 일본군이 버리고 간 폐차 바퀴 안에 들어 있는 튜브로 해방된 어린이에게 처음으로 고무공이 선을 보인 것이다. 그 공이 폭발적인 인기를 누린 것은 두말할 것도 없었다. 그 시절 미군이 먹고 버린 깡통을 모아 연결해서 지붕도 하고 담장도 만들고 깡통 차고 밥 얻으러 다니던 시절이었다.

나는 그 무렵 두 가지 뭉치를 처음으로 구경했다. 해방되고 난 뒤 누런 설탕을 배급했던 모양이다. 어느 날 누런 뭉치를 발견하고 그것이 무엇인지 잘 모른 채 맛을 보니 달콤했다. 배급 받아 잘 간수했던 것을 발견한 모양이다. 단맛에 홀려 자꾸 먹다가 그만 쓰러져 잠이 들었다. 나중에 어머니한테 꾸중을 들었다.

다른 한 뭉치는 돈이다—지폐이다. 그 무렵 사랑방에서 자고 아침에 일어나 이불을 개는데 무엇이 떨어진다. 누런 봉투다. 열어보니 지폐가 한 뭉치 들어 있다. 아—, 세상에 이 큰 돈 뭉치를 보게 될 줄이야. 그만 간이 놀랐나 보다. 옆에 주무시는 아버지를 깨우지도 못하고 한번 더 몰래 보고 싶어 갠 이불 속에 깊숙이 넣어두었다. 다음 날 한 장 꺼내어 무엇을 샀겠는가! 사탕, 그리고 이 세상 처음으

로 나온 종합참고서 같은 것, 그리고 튜브공이다―그것도 아주 큼
직한 것을. 이 세 가지 어느 하나 어린이 친구들로부터 부러움을 사
지 않았던 것이 없었다. 신났다. 돈이 이런 기분을 자아내 주다니. 정
말 신났다.

　돈이 귀하던 세상에 이런 돈을 재미있게 쓰고 있었으니 어머니 눈
초리에 포착이 되지 않을 수 있겠는가? 인부들 인건비였던 모양이
다. 회초리 맞고 빌고 빌고 해서 나는 '선도'되었다.

　80년대 어느 시기인지 부산에 주로 진을 치고 있던 신발공장이 동
남아로 이동해 가기 시작하고 부산지역의 산업이 한풀 꺾이었다. 그
때 우리나라도 나이키 운동화가 자랑스럽게 만들어지고 있었다. 차
츰 그 나이키 운동화가 장시간 저임금 재해 노동의 표본임이 지적되
기 시작했다. 그런데 텔레비전으로 중계되는 미국 프로 농구선수들
이 나이키 브랜드 상표의 신발과 옷과 머리띠를 사용하는 계약금이
수억 달러에 이른다는 사실이 장시간 저임금 노동과 대조되어 이야
기되기 시작하였다. 아마 그 즈음은 자본주의세계체제를 학계에서
논의하던 시기였을 것이다. 그 나이키 운동화 제작도 동남아 저임금
지대로 옮겨감에 '세계화-지구화' 논의는 한국의 아이엠에프 관리라
는 충격을 감내하기 힘들었다. 그런데 한국은 '세계화' 축제 하나를
주관하게 되었다. 2002년 월드컵 축구대회가 불과 한달 후면 시작된
다. 붉은 악마의 응원을 받는 한국의 월드컵 전사들뿐만 아니라 전

지구에서 오는 선수들이 나이키 브랜드 마크를 몸매 어디에서든지 표시할 것이다.

4년 전 프랑스 월드컵대회의 우승팀 프랑스 축구팀의 '빛나는 전사' 지네딘 지단을 5월 1일자 한 신문은 '그라운드의 대통령'이라고 소개하고, 다른 한 신문은 그가 프랑스 대통령 선거 결선투표에서 극우파로 올라 온 르펭 후보를 찍지 말자고 했다고 해서 보도하였다. 그 지단이 영웅으로 떠오른 프랑스 월드컵대회가 진행될 때 그 대회의 공인축구공 '트리콜로'가 아디다스회사 파키스탄 공장의 열악한 작업환경 아래서 어린이들의 고사리 같은 손으로 만들어졌다는 사실이 알려짐으로써 유엔 아동보호기금(유니세프)과 국제노동기구(ILO)가 뒤늦게 진상조사에 착수하여 심각한 아동학대 사례로 결론을 내어 파문을 일으킨 사실은 국내에 잘 알려지지 않았다. 그리고 그 지단이 그런 사실을 주목했는지도 알려지지 않았다.

그래서 그런지 국제축구연맹(FIFA)은 2002년 한일 월드컵에서 사용될 모든 축구공은 파키스탄 시일코크 지역의 합법적 생산처에서 생산된 것이라고 공식 발표했단다. 그리고 그 공들에는 '비아동노동'이라는 로고가 표기되는 모양이다. 그런데도 불구하고 2002년 1월 인도 뉴델리에서 개최된 '월드컵의 그늘에 있는 아동노동'이라는 행사가 보여 준 것은, 인도와 파키스탄에서 땀을 뻘뻘 흘리며 10센치 길이의 바늘로 축구공을 열심히 꿰매고 있는 어린이의 일하는 모습, 그리고 하루 종일 일하는 통에 키가 자라지도 못하고 등이 구부러진 모습이었다. 온 집안 식구가 그렇게 일하고도 입에 풀칠할 정도밖에 되지 않는 임금을 받으면서 말이다(강은지, "2002 월드컵 로고, 아이들이 바느질하다", 국제민주연대, 『사람이 사람에게』 14호). 지구촌 구석구석에 월드컵 축구열기가 솟아오르고 축구공의 수요가 크면 클수록 저임금 장시간 노동에 '굴종'해야 하는 아이들의 등은 더욱 구부러질 것이다.

마치 올해 한국의 명운이 걸려 있듯이 부처님께도 등을 달아 축원하는 월드컵 마당에 옛날 어린 시절 튜브 고무공을 차던 그 신명을 도저히 되살릴 수 없는 그 찜찜한 마음구석이 브랜드만 보고 기뻐하지 못하는 심사에 있음을 스스로 확인하는 것이다. 온통 일자리에서 잘려나간 노동자는 엄청난 관람료를 낼 수 없을 것이니 월드컵 축구경기 구경하기는 어렵겠다. 2차대전이 끝나고 폐기된 차량의 튜브를 공으로 재생하듯이 모든 군수물자를 폐기해 가면서 지구촌 축제를 만들어 간다면, 유엔에서 아동노동을 해서는 안 된다는 인권의 선언과 규약의 진실된 목표 그리고 모든 사람은 행복을 추구할 수 있다는 그 진정한 가치를 추구해 볼 만하지 않을까 생각해 본다. 더구나 오늘은 5월 1일 112회 노동절이 아닌가!!

《 불나비

송기숙 교수와 나병식 사장

2002년 05월 15일 13시 20분 27초

오월이 오면 많은 분들이 광주 5.18민중운동을 생각하게 될 것이다. 나도 그 예외는 아니다. 당시 서울에서 전해 오는 소식을 들으면서 가슴 조이었던 것이 기억난다. 나는 오늘 광주 5.18민중운동의 산 증인이고자 신명을 바쳐 헌신한 두 분을 생각하고자 한다.

전남대 국문학과 송기숙 교수는 광주 5월 민중항쟁 10주년을 맞이하여 항쟁에 참여한 사람 5백명의 증언을 원고지 2만5천매 분량으로 집성하여 1990년 5월에 『광주오월민중항쟁사료전집』을 간행하였다. '죽음을 넘어선 피의 기록'이라고 간행사에서 밝히고 있듯이 이 자료집 자체가 하나의 줄기를 이루는 사회운동이었다. 항쟁의 증언을 모으고자 하였다. 그렇지 않으면 계엄군을 발동했던 군부의 정치권력에 의하여 왜곡되고 있는 역사 자체를 바로 세우기가 어렵다고 걱정한 것이다. 그는 뜻있는 분들의 도움을 모아서 한국현대사 사료연구소를 설립하였다. 근근히 모아주는 돈을 가지고 동료 교수와 함께 연구소를 만들고 후배 제자들을 모아서 증언을 채록하였다. 그 자신도 자신이 참여하고 체험한 5.18기록을 사료전집 153면에서 175면에 이르기까지 게재하고 있다. 그는 당시 지명수배되고 나중에 보안대 지하실에 끌려가서 옷을 벗기고 수사를 받았다. "야, 이 새끼 맷집 좋네" 하면서 몽둥이가 사정없이 등짝을 후려갈기는 수모를 겪었다. 그가 항쟁에서 살아 남은 자로서 항쟁의 증인이 되고자 이 증언집 출간사업을 감행한 것이다. 그의 이러한 각고가 결국 1980년 광주 5.18에서 무슨 일이 벌어진 것인지를 밝은 세상에 알려내기 시작한 것이다.

드디어 1990년이 되고 광주 5.18민중항쟁 10주년이 되었다. 송교수는 이제 이 『사료집』을 출간함으로써 일차적 소임을 하게 된 것이다. 무려 1652면에 달하는 사료집을 출간한 것이다. 그리고 이 사료집의 출간을 기초로 해서 10주년 기념 심포지엄이라도 해야 했다. 광주 5.18항쟁이 광주라는 지역의 문제가 아니라 전 국가사회의 엄청난 역사적 사건임을 드러내기 위하여 이 심포지엄을 서울에서 개최하기로 생각하였다. 그런데 이를 후원할 마땅한 사람들을 구하기 어려웠다. 아직 1990년이었고 군부독재가 계속되고 있었으니.

이 책의 출판을 맡은 출판사 '풀빛'의 나병식 사장은 민주출판운동의 선봉에 서고 있었고 80년대 후반 『한국민중사』 출판사건으로 구속된 일도 있었다. 이 출판의 역사적 의의를 너무 잘 알고 있던 그로서도 한편으로는 이 사료집의 출판을 영광스러운 사명으로 여기고 있었지만 다른 한편으로는 그 출판 비용은 그가 감당하기에는 너무 큰 것이었다. 그러나 그는 기꺼이 출판을 맡아서 1990년 5월이 가기 전에 세상에 선을 보였다. 나병식 사장은 이 출판에 들어간 비용을 회수하기 어려웠다. 전국에 배부되었지만 어느 국회의원들 사무실에서 보인 것처럼 쌓여 있기만 한 경우도 적지 않았다. 송기숙 교수와 나병식 사장이 민중항쟁의 증인이 되고자 하는 데 신명을 바친 헌신성과 용기는 정말 훌륭하였다.

이 두 분의 노력에도 서울에서 개최하는 심포지엄 문제는 잘 해결되지 않았다. 어쨌든 어느 날을 잡아서 서울에서 심포지엄을 개최하였다. 발표하고 토론하는 분들에게 거마비도 지출하기 어려웠다. 그렇지만 참여한 모든 분들은 역사를 해석하고 역사를 바로 세우고 희생한 민중들에게 정당한 역사적 몫을 자리매김하기 위하여 전심전력을 쏟아내었다. 그리하여 『사료집』의 출간이 제대로 가는 역사의 길목에 중요한 이정표로 자리잡게 되었다.

심포지엄을 마치고 뒷풀이하면서 서로 위로하고 격려하고자 하는 자리를 사전에 마련하기조차 어려운 형편이었다. 이 사정을 전해들은 당시 사월혁명연구소의 회원인 이문교 선생이 참여자 전원을 종로의 아주 아담한 식당에 초청해서 조촐하지만 서로 위로를 풀 수 있는 풍성한 자리를 마련해 주었다.

　　송기숙 교수는 정년퇴임하기 전에 전남대학교에 '전남대학교 5.18 연구소'를 창설하여 5.18 역사의 계승발전을 도모케 하였다. 광주광역시도 5.18 이십주년을 겨냥하여 '광주광역시 5.18사료편찬위원회'를 설치하여 국내외에서 수집할 수 있는 자료를 가능한 모아 자료집을 간행하고 이십주년에는 『5.18민중항쟁사』를 간행하였다. 송교수 자신이 광주의 지역성에서 벗어나고자 노력했듯이 민주화의 더 큰 전망을 내다보고자 하는 분들은 지금도 그 광주의 역사를 상승시켜 한국사 전체의 중심에, 그리고 동북아 문제의 중심에 자리잡도록 여러 각도로 조명하고 전망하면서 나아가고 있다.

≪ 불나비

허기지다

2002년 06월 04일 09시 41분 53초

배가 고프면 허기진다.

마음이 아파도 허기진다.

중국 북경 "천안문광장에 섰을 때 왜 그렇게 허기가 졌는지 모르
겠습니다"고 고백한 사람이 있다. 4월의 발전노조 파업이 깨어지고
난 뒤 하릴없이 중국을 헤매던 '순결한 전사'—한 노동운동가가 보내
온 엽서에 쓰여진 독백이다.

1999년 2월 독일 브레멘대학의 한 학술모임에 다녀 온 일이 있었
다. 일주일 내내 아침부터 저녁 무렵까지 토론회를 진행하는 중에
학교 경내를 틈틈이 둘러보기도 하였다.

그 대학교 사회과학대학 건물 현관에 들어서면 이층으로 오르는

계단이 있다. 그 계단 저쪽 넓은 벽면에 큰 그림이 그려져 있다. 건너편 로비에서 차근히 살펴보니 그곳엔 역사가 그려져 있었다. 그림 중간에는 계단이 배치되어 있다. 그 계단 중간 중간에는 깃발을 들고 힘겹게 오르는 사람, 깃발을 부여잡고 쓰러져 있는 사람, 나동그라져 있는 사람들, 그리고 그 계단을 올랐다고 생각되는 두어 사람이 서 있는데, 거기에는 문이 하나 열려 있고 그 문은 그냥 훤한 채 채색되어 있다. 한 사람이 그 훤한 문을 약간 들여다보는 형상이 그려져 있다.

계단 양쪽에는 각각 기둥 모양으로 그림이 차곡차곡 그려져 있다. 왼쪽에 자세히 보니 중간에 맑스가 외다리로 책이 쌓여진 것을 발판으로 하고 서 있고 어깨 위로 머리에는 무언가가 잔뜩 놓여져 있다. 오른쪽에는 미국의 '자유의 여신상'이 자동차인지 그런 제품들 위에 서 있다. 말하자면 한쪽은 맑스주의의 운동축이 서 있는 것이고 다른 쪽에는 자본주의 부르주아 버팀목이 서 있는 셈이다. 계단 위의 문 안은 그냥 '훤한 것이다'. 미래는 밝되 확실치는 않은 형상이다. 그림 아래쪽에는 일하는 사람의 종류에 여러 가지 모양을 한 사람들이 그려져 있다. 모여서 궁리하는 사람들도 있다. 그 그림에도 아래 하단에는 그냥 들여다보는 사람들의 머리 뒤통수가 그려져 있다. 사실 구경하는 사람이 많은 것이겠지.

이 그림을 건너다보면서 갑자기 나도 얼마나 허기지는지 몰랐다. 우리 나라 어느 대학에 이런 그림을 그려서 걸어 놓을 수 있는 것인지(누가 그런 그림을 그리겠다고 마음먹을 수 있을는지, 아니면 그런 그림을 걸면 아마도 국가보안법 적용의 확실한 사태가 발생하게 되겠지), 그리고 무엇보다도 역사에 대한 폭넓은 구상을 할 수 있는 능력을 대학에서 길러내고 있는 것인지, 그런 생각이 떠오르자마자 허기지는 것을 어찌 할 수 없었다.

브레멘에서의 학술행사를 마치고 베를린으로 가서 며칠 있으면서 옛 동베를린을 둘러보았다. 맑스의 광장이 있는 주변은 여러 가지 공사를 하고 있었다. 자본주의의 돈과 부르주아적인 포스트모던한 건물감각과 정치가 융합된 시각으로 진행되고 있었다. 건축의 정치경제학 연구를 하자면 지금 이 현장에 오면 잘 관찰할 수 있겠다는 생각이 들었다. 그 한적한 맑스광장에는 맑스가 앉고 뒤에 엥겔스가 서 있는 동상이 있다. 그 광장에 설 때도 허기지기 시작했다. 안내하는 친구가 말하기를 동베를린이 무너지고 난 뒤 그 동상에 누군가가 '당신들의 잘못은 아니다'고 쓴 현수막을 걸어 놓았다고 한다.

지난 5월 30일 서울에서 개막한 제6회 인권영화제에 맞추어 엠네스티 런던지부에서 일하고 있는 화가이자 인권운동가 단 존스의 그림전시회가 개최되었는데 '인권으로 그리는 세상'을 주제로 하고 있다. 그 그림 중의 하나가 '맑스 기념관에 전시된 칼 맑스 초상화'이다. 그림 아래쪽에 "온 대지의 노동자여 단결하라. 당신들은 승리할 세계를 가지고 있고 당신들 사슬 외에는 잃을 것이 없다"고 맑스가

글을 쓴 장면이 있다. 인권은 지금 21세기에 추구되어야 할 가치의
핵심에 놓여 있고, 일하는 사람, 일하여 생계를 꾸려야 하는 사람들
과 그 일에서 내팽개쳐진 사람들, 남자들, 어린이들, 여성들, 노인네
들 모두가 누려야 할 가치이고 또한 객관적 조건이다.

<< 불나비

붉은 악마의 축구

2002년 06월 19일 20시 23분 46초

아무래도 2002년의 6월은 월드컵축구의 그 붉은 색 분위기에서 벗어날 수 없나 보다.

한국축구팀이 16강을 지나 8강에 올랐고 이 과정에서 응원하는 분위기도 더욱 고조되어 '붉은 색'이 한국 축구팀의 유니폼 색깔로부터 한국팀이 출전하는 축구장과 서울시청앞 공터(광장이라 하기에는 평소에 사람들이 자유로운 접근이 불가능하다)와 광화문 네거리 및 전국의 곳곳에서 응원하고 관람하는 사람들의 옷차림에까지, 그리하여 이를 보도하는 텔레비전의 화면 색깔마저 물들여 놓고 있다. 그런데 여기서 이 2002년 한일 월드컵에 관해 전반적인 평가를 할 수도 없으려니와 신문에 월드컵 경기를 신명나는 민족의 도약과 같은 맥락으로 글을 올리는 사람의 기분에 따라 갈 수도 없어서 평소

공부하는 방식으로 단면만 살펴서 몇 마디 해 보고자 한다. 한국팀의 구성과 훈련방법 및 전략 전술 등등을 자세한 자료로 알 수 없고 다만 미디어에서 보도한 편린만 가지고 추측하여 쓸 뿐이다.

한국팀 감독으로 네덜란드 사람을 특별히 초청하였다(거금을 지출하고). 그는 세계축구의 정세와 기술 그리고 축구현장에 대한 체험이 아주 많은 것 같다. 약 일년 반 동안 한국팀을 맡아 선수를 선발해 가면서 훈련하였다. 그가 채택한 훈련방법을 요약해 보면 다음과 같다.

첫째 과학적 관리방법을 적극 도입하여 노동강도를 높인 프로그램이 지목될 수 있다. 과학적 관리방법의 요체는 불필요한 동작을 제거하고 필요한 동작은 가장 효과적인 것만 채택하여 되풀이하는 훈련이다. 이 과정에서 불필요한 동작과 비효율적인 동작을 일삼는 선수를 일단 제거해 나간다. 그리고 훈련중인 선수도 그 불필요하고 비효율적인 동작을 극도로 제거하도록 반복 훈련한다. 이 과학적 관리방법이 공장에서 도입되었을 때 작업의 강화되는 속도에 견디어낼 체력이 필요하였던 것에 따라, 선발된 선수도 체력을 강화하는 훈련을 일정한 프로그램으로 수행하였다. 일단 이 훈련과정에서 일정한 수준의 성과를 낸 선수만 최종 팀에 선발된다(과학적 관리방법이 처음 노동현장에 도입될 당시 숙련공을 상대로 하여 선발한 점을 유의해야 한다. 한국팀 후보자들은 이미 국내 감독과 코치로부터 일정한 수준이상으로 훈련을 받은 선수들이다. 그런 점에서 한국 축구 발전사에서 그들을 언급할 필요가 있다고 어느 축구평론가가 말한 바 있다).

한편 이 과학적 관리방법은 도입 당시 한편으로 유인책으로 성과급을 포함한 약간 높은 경제적 보상을 내세웠다. 이번 축구팀에도 무시할 수 없는 유인책이 곧 경제적 보상이다. 한국팀이 기본급 외에 이번 16강 진입으로 선수들이 1억원씩 받는 것도 설정되어 있었고 8강으로 올라서 1억원이 추가되었다. 16강으로 진입하자 외국의 보도에 한국팀이 우승후보라고 지목하는데 결승에서 우승하면 5억원이 배당된다고 한다. 8강으로 가니 이제 4강으로 가자고 말한다. 선수들이 굉장히 신날 것이다.

둘째는 한국팀이 훈련한 전략 전술 중에는 모택동 게릴라전술/초국적 기업의 현지화 전술을 도입한 것이 지목되어야 한다. 모택동이 내전을 통해 혁명을 성공하는 전술이 곧 공산군이 게릴라로서 고을마다 사정이 다른 곳에서 인심을 얻고 적응하는 전술이었듯이, 초국적 기업이 지구촌 곳곳에 생산공장이나 판매영업소를 설치해서 현지에 알맞은 비즈니스를 하듯이. 필승이라는 기본적 전략은 가지고 있어야 하겠지만 (지금까지 드러난 것은 탄탄한 수비를 뒷받침한 공격 전략이다) 상대의 정세와 전략을 파악하여 그것에 적극 대응하는 전술을 개발해서 강력하게 적용하는 방식이다. 그러므로 동일한 전략전술을 상대하는 모든 팀에게 동일하게 구사하지 않는다는 것이다. 우선 상대에 대한 정보를 가능한 한 많이 자세히 수집해야 한다. 이러한 게릴라/현지화 전술을 수행하기 위해서는 '멀티' 개념이 도입되었다. 말하자면 고정적인 역할을 폐기하고 다기능으로 상황에 따라 역할을 수행케 하는 것이다. (선수들의 고정적 위치를 일단 해체하고 다기능 선수로 전환하는 것—이것을 극소전자기술, 즉 IT가 적용되는 노동과정에서 적나라하게 적용했듯이 많은 노동력을 배제하면서도 소수 다기능노동자를 만들어내는 것과 동일한 것이다. 위에서 언급한 일차적 과학적 관리방법에 따른 부가적 구조조정이라고 말할 수 있고 이것은 필수적이다.) 이렇게 다기능공이 되어서 대표선수로 뽑힐 때까지 그리고 뽑힌 선수들 사이에서도 경쟁을 유발하고 선수들로 하여금 이를 조련하고 선발하고 역할 부여하는 감독의 권위에 적극 복종케 한다.

'월드컵 축구'가 세계화의 일환이듯이 월드컵 축구의 선수들은 현재 경제를 필두로 하는 세계화 추세에서 사람들이 다기능으로 무장하고 현지 상황에 언제나 적극 적응 대응하는 능력을 갖추어야 하는 것과 같다. 이렇게 하기 위해서는 한 '국가' 안의 전래적인 결속성(혈연, 지연, 학연 혹은 장기근속우대, 효도 등등)이 지위와 역할을 규정하는 힘을 제거해야 한다. 옛날 노동현장에서 자본가와 노동자 혹은 노동자들끼리 그러한 결속성을 인간다움으로 인식했던 사람은 과학

125

적 관리방법을 첨단기술의 도입과 함께 채택했던 대공장으로부터 스스로 이탈했던 것이다. 이 과학적 관리방법과 초국적 기업의 현지화 전술 방법의 전도사는 역시 자본주의 선도주자였으며 제국주의 역사 경험을 가지고 있는 네덜란드 출신이면서 '월드컵'의 세계화된 차원에서 감독의 경력을 쌓은 사람으로 내세웠고 한국팀 감독을 맡지 못한 한국 축구인 출신의 감독과 선수는 그런 핑계로 밀려나는 위안을 삼아야겠다.

이렇게 설명을 해본다 한들 한국사람들이 짧은 시간 안에 집단적으로 '붉은 악마'로 돌변하는 현상을 모두 설명하는 것은 아니다. 월드컵이라는 축구시장도 그 판매고를 올리자면 시장은 가능한 넓게 개척해서 편입해야 하는 것이다 이제 월드컵 축구는 오대륙 육대양 모든 나라가 선수를 낼 정도로 넓어졌다. 자본주의가 세계화됨으로써 태생적인 유럽지향성을 벗어나서 지구촌 지역블럭별 특성을 갖게 한다고 흔히 지적되고 있다. 뿐만 아니라 지구촌을 한 시장 안으로 묶었다고 하더라고 욕망을 유발하고 경쟁시키는 것은 '민족문화'라는 요소를 아직도 필요로 하는 모양이다.

월드컵 축구에서 우리나라에서는 국내의 완고하고 비정한 이데올로기 정서와는 달리 우연찮게 '붉은 색' 코드가 선택되었다. 나라마다 월드컵이라는 시장의 지역적 깃발을 서로 다르게 코드화시키고 있는 것이다. 붉은 색, 빨강색, 파랑색, 노랑색, 흰색, 초록색, 연두색,

적갈색 등등.

따라서 세계화=월드컵 축구는 인간의 관계를 한 나라 차원의 역사와 문화를 뛰어 넘게 한다. 그런데 그렇게 추구되는 인간관계는 어떤 것이 될는지? 이것이 과제일 것이다. 붉은 색깔로 치장한, 붉은 마음의 단심을 지닌 남녀 젊은이들이 밤새껏 열광하는 그 분위기를 그 기분만으로 충분하다고만 할 것인지, 그 다음의 것은 무엇이 될는지.

서울의 시청앞과 광화문 네거리, 80년 5월 그리고 87년 6월 자욱한 최루탄 연기 속에서 눈물 콧물 흘리며 경찰의 저지선을 물리치면서 모여서 가득 채웠던 사람들은 '독재타도'의 분명한 목적의식이 있었다. 오늘 2002년 6월 붉은 옷으로 치장한 젊은이들의 붉은 색 열광은 스스로 기꺼이 어떤 세계화의 '제물'로 바쳐지는 것을 깨닫게 될는지, 혹은 새로운 세계를 창조하는 주인공으로 자임하게 되는지— 어떨까? 혹은 내가 본시 질문을 제대로 제기하지 못하고 있는 것인지.

<< 불나비

염소고기와 홍어회

2002년 07월 05일 10시 26분 14초

지난 6월 초에 지리산 추성골 민박산장에 갔었다. 추성골에서 지리산 천왕봉으로 오르는 길은 계곡으로 올라가는 길과 벽송사 앞을 지나 고개마루에 올라 능선을 타고 오르는 길이 있다. 우리가 찾아간 산장은 벽송사 쪽이었다.

저쪽 마당가에 염소 몇 마리가 있다. 유난히 털 검은 빛깔이 윤이 난다. 나중에 산장주인으로부터 이야기 듣자하니 지천으로 자라고 있는 쑥을 베어다가 먹이고 검은콩을 구해서 잘 씻어 먹이니 털이 윤이 나고 살은 헤프게 찌지 않는다고 한다.

한 마리 잡으면 고기 열근이 나온단다. 나중에야 그 염소는 아니지만 염소고기가 있다고 해서 불고기를 해먹었다. 바위에서 따는 '석이버섯'도 넣으니 향취가 아주 입맛을 돋군다. 심심산골 높은 골짜기에서 따다 담근 '산복숭아 술'에 염소고기 안주가 제격이다. 옆 쟁반에는 곰취를 썰어서 넣은 전이 있어 이 모두가 깊은 산 정취를 어울려 자아낸다.

해는 서산을 이미 넘어서 저 건너편 산자락 위에는 별이 나타나 반짝이고 있다. 흐르는 계곡의 물소리는 저만치서 노래한다.

염소고기는 불고기뿐만 아니라 잘 삶아서 수육을 해서 소금에 찍어 먹어도 맛이 좋다. 지리산 계곡 물이 흐르는 곳 바위에 앉아서 염소고기 수육을 해서 소주나 막걸리를 마셔도 좋다. 국을 끓여서 간간이 국물을 먹어가면서 수육을 삼키면 그 맛도 일품이렷다. 지리산 염소는 골짜기마다 이름이 났다. 진주 쪽 사람들은 거림계곡으로 간다. 그 곳 염소고기도 제법 명성이 자자하다. 청학동에서 옛날 고운 최치원을 들먹이며 염소를 이야기하는 곳이다.

나의 추억에 피아골의 염소고기를 빼놓을 수 없다. 1984년 봄이었을 것이다. 피아골로 오라는 전갈이 왔다. 그 유혹하는 말에 '염소는 봄에 새순을 따서 먹은 것이라야 한다. 그래서 오월의 염소를 가장 맛있는 거로 치부한다'고 하니, 서울 사람들이 아니 가고 배길 수가 있었겠는가!

광주에 있는 전남대학교의 당시 소위 '해직교수'들이 친구를 불러내린 것이다. 80년으로부터 4년이 되던 봄이었다. 전남대 해직교수 10여명은 80년 5월 소위 '광주민중운동'에 직간접적으로 관여된 혐의로 해직된 것이다. 물론 수사당국에 간 교수의 숫자는 더욱 많다. 그 중에 10여명이 해직되고 보니 이 분들은 광주가 국군에 의하여 진압되면서 죽어간 사람들 때문에 괴로워하고 수사당국에 갔지만 해직은 되지 않은 교수들도 해직교수 얼굴 보기가 너무 죄스럽고 민망하였다. 해직교수들도 가족이나 동료 교수들, 이웃들의 얼굴보기가 민망하여 피아골에 조그마한 집을 구해 들어갔다. 어떤 분은 소설을 쓰고 어떤 분은 꿀벌을 길러서 '꿀'을 땄다. 그 꿀을 서울로 보내 팔아 달라고 부탁하기도 하였다.

그런 세월에 83년 여름 안기부는 80년 5.18광주사태를 수습하고 무마하는 차원에서 전남대 해직교수들을 타 지역의 대학에 1학기만 근무해 달라고 부탁하였다. 물론 그 회유책은 주무 부처인 문교부가 나선 일도 아니고 한편으로 타지역의 대학교가 자발적으로 나서서 받아들이겠다고 할 수 없는 일이었다. 그래서 결국 회유책이 실패로 돌아가는 것은 뻔한 이치였다. 그리고 그해 겨울 12월에는 정부가 전국의 해직교수를 타대학에 발령내겠다고 하였다. 그리하여 해직교수들이 이러한 문제를 대응하기 위하여 83년 여름에 해직교수들의 간담회를 만들었고 겨울에는 해직교수협의회를 만들어서 모이기 시작하였다. 그리고 정부가 추진한 타대학 취업조치를 단호히 반대하고 원적 대학으로의 복귀만이 정당한 길임을 천명한 것이다. 그리하여 전남대의 해직교수들도 해직교수협의회에 가입하여 서울에 있는 해직교수들과 교류하게 되었고 만날 때마다 서로 위로하고 격려하면서 용기를 북돋우곤 하였다.

봄이 오자 전남대 해직교수들이 서울 사람들을 초대하였다. 서울
에서는 해직교수 뿐만 아니라 서로 교분을 나누고 80년대 초반의 고
통을 당하고 있던 여러 사람이 함께 피아골로 내려간 것이다. 그리
고 개울에 앉아서 염소고기를 즐겼다. 그때만 하더라도 특히 '불온한
사람'들의 모임 자체가 당국의 감시에 의해 대단히 어려웠다. 그러니
피아골 염소고기 맛이란 얼마나 희귀하고 충만하고 멋진 것이 되었
는지! 전남대 교수들의 아내들이 장만해 온 음식 중에 홍어회가 있
었다. 깊고 두꺼운 회가 희고 부드럽고 연한 분홍색을 깃들여내어
빛을 내는 그 아름다움이야말로 눈을 부시게 하고 입에 침이 절로
흐르게 하는 데 충분하였다. 더구나 해직된 남편 덕분으로 살림살이
가 극히 어려운데도 그 음식들을 장만해 온 분들의 정성을 누군들
감탄치 않으랴 !

해는 서산에 지고 마당에 모닥불 피워 놓고 처음 만나게 된 부
인들도 모두 자기 소개하면서, 그리고 남편들이 왜 해직이 되었는
지, 그리고 80년 5.18 당시 남편 교수들이 끌려가고 어떻게 재판
을 받았는지, 그리고 그 서슬이 시퍼런 법정에 구형이 내려지는
사이에 자기도 모르게 고함을 치며 몸부림쳤는지, 그런 이야기들
을 나누게 되었다. 그 피아골에서 다진 우의는 그 뒤에 이어져서
지금도 교분을 나누고 있다. 그리고 입안에는 지금도 광주 교수
부인들이 장만해 온 홍어회와 그 양념 초장의 맛이 감돌고 있는
듯하다.

나는 그 뒤에 염소고기와 홍어회를 좋아하게 되었다. 홍어는 차츰 흑산도 근해에서 사라져가고 멀리 남아메리카 바다에서 잡은 홍어가 들어온다고 한다. 맛은 근해 홍어와는 천량의 차이가 난다. 홍어를 매콤하게 삭혀 장만하면 그 맛이 끌어들이는 매혹도 물리칠 수가 없다.

<< 불나비

어린이의 꿈을 키우는 이야기

2002년 07월 22일 12시 34분 22초

텔레비

—어린이의 꿈을 키우는 이야기 (1)

1980/7/18

갑자기 텔레비에

어느 희극 배우가

나타나 소리친다

이 세상에 자기가 제일

잘 웃긴다고.

사람들은 웃었지

몇 번이나 거듭 거듭

웃다가 그만 입이

불
나
비
처
럼

아파 더 웃지도
못했지
그 희극배우는 혼자 웃기만 했지
그러다가 그 희극배우는 울며 사라지고,
비극배우가 나타나 이제
울리기 시작했지, 사람들은
웃음에 지쳐서, 즐거이 따라
울게 되었지.
온 세상은 울음바다가 되고
울음소리로 인사말을 주고받게 되어
서로 눈물 없이는 보지도 못하게 되었지.
울음은 지칠 줄 모르고, 눈물은 한없이
흘러나오기만 하더란다.
어느 날,
어떤 아이가 갑자기 생각했지.
내가 태어나던 때 울었는데,
그러면 온 세상의 울음소리는
끊임없이 아이가 태어나면서
우는 소리일까,
아니면 어른들은 이제
갓난아기로 되어 버렸는가.

이상하다 여기고,

한번은 텔레비를 꺼버렸지

전기가 나가고 텔레비 방송이

중단되고 온 세상이 잠시 어둠에 묻혀 버렸지.

사람들은 울다가 그만 세상이 온통 캄캄해진 걸 알고

아아! 우리는 아무 것도 보이지 않는다고 생각했지

울음을 주던 텔레비의 비극배우는 사라져 버리고

없다는 것을 알았지.

사람들은 생각했지

왜 이제까지 울며 지냈는가를,

그러다가 깨닫게 되었지

그 텔레비의 비극배우 때문인 것을.

아이는 생각했지

텔레비 때문에 어른들은

울기만 했다는 것을,

텔레비를 없애버릴까,

아니지, 어른들에게

텔레비보다 더 좋은 것을

가르쳐 주어야지, 그것이

무엇일까!

하늘! 산! 바다!

이런 것은 아니지.
그건, 그건……!
그렇지, 나의 웃음과
나의 울음이지. 그렇지
그것은 나의 사랑이
담겨 있으니.

금잔디 잔디 진달래 진달래
─어린이의 꿈을 키우는 이야기(2)

1980/7/19 아침

아파트 계단에 금잔디를 깔아요
아파트 복도에 금잔디를 깔아요
잔디길 만들어요 잔디길을,
고향길 돌아가는 언덕길 잔디처럼

아파트 앞뜰에 진달래를 심어요
아파트 창 밖 장독대에도 진달래를 심어요
산수갑산 진달래 임 따라 가던 길에
이리 저리 뿌려 보리라
소월은 소주병 들고

아파트로 걸어오네

아이는 진달래 따고파
잔디길 타고 가네
할매는 뒷산 진달래 앞산
잔디길 바라보며 아이 따라
쫓아가네

1980년 이후 제헌절이 오면 이 '어린이의 꿈을 키우는 이야기'를
더 만들고 싶은 생각이 난다. 1980년 7월 16일 오전 10시 40분 경 나
는 학교 연구실에서 합동수사본부 제5국(치안본부 수사지도과 특수
수사대)의 수사관에 의해 연행되었다.

7월 22일 교수직 사직서를 써주고 석방되었다. 내가 간 수사대는
서울 서대문 근처 지금은 높은 빌딩 경찰의 총본산이 들어선 곳에
있었다. 얕은 벽돌건물, 옛날에는 전매청 자리였다. 진술서 쓰고 남은
종이에 위의 제목으로 낙서를 했는데 그걸 나중에 가지고 나왔었다.
몇 개 더 쓴 것이 있다. 당시 종이와 연필이 없어서 더 쓰질 못했다.
<< 불나비

1968년의 한 자락

2002년 08월 13일 12시 56분 45초

유럽에서 일어난 1968년의 사회운동(혹은 혁명)은 멀리 극동에 있는 한국사람들에겐 이해하기가 어려웠다. 나는 그 운동의 한 자락을 볼 수 있었던 일이 있었다.

1999년 2월 독일 브레멘대학에 가서 약 1주일동안 학술토론회에 참가한 일이 있었다. 그 토론회를 주관한 분은 그 대학의 홀거 하이데 교수였다. 그분의 회갑이 마침 그 때여서 그 토론회에 참가한 사람들은 그 환갑잔치에 초대되었다. 학교로부터 약 1시간 이상 농촌의 넓고 넓은 들판길을 따라 가서 그 교수의 농가에 도착하였다. 그 농가는 옛날 가축조차 한 집 울타리 안에 기숙하는 마구간이 있었다는데 그 마구간을 수리하여 홀을 만들었다. 바닥에 나무를 깔아서 넓게 이용할 수 있었다.

홀거 교수는 한국과 인연이 많은 분이다. 맑스주의 정치경제학을 전공하는 몇 안 되는 교수이고 한국에서 간 유학생을 지도하여 박사를 몇 사람 배출하고 한국의 산천을 좋아해서 간혹 여행을 오기도 한다. 브레멘에서도 한국 사람들과 친하게 교류하고 있었다. 마침 환갑이기에 그 회갑연을 한국식으로 차리게 되었다. 상단 가운데 병풍을 치고 상을 차렸는데, 그럴 듯하게 환갑잔치상을 차린 것이다, 한국에서 온 청주가 있고 떡도 마련되었다. 넓은 홀에 벽면에 따라 상을 쭉 놓았는데 불고기와 잡채, 김치 등 한국 음식이 차려지고 한국산 청주와 맥주가 나오고 특별히 독일 포도주가 많이 준비되어 있었다.

나는 환갑잔치에 참석한 하객 중에서 나이가 많은 축이라 한쪽 첫째 머리의 상에 앉게 되었는데 내 옆에 민박을 제공한 집의 교포 아주머니가 통역 겸해서 앉았고 건너편에 나이 든 (약 60세) 부인네 두 분이 앉았다. 한 분은 처녀를 데리고 왔다. 인사를 하고 보니 홀거 교수의 첫 번째 전 부인과 세 번째 전 부인이었다. 첫 번째 전 부인이 딸을 데리고 왔다. 두 번째 전 부인은 참석치 못했다는 것이다. 나는 약간 어리둥절하였다.

잔치가 시작되니 사회자가 가족이 나와서 헌주를 하라 한다. 아, 가족이 누군가? 딸이 왔으니 당연히 나와서 헌주하는데 두 분의 전 부인도 쭈뼛거리며 나가서 헌주를 한다. 한국식으로 꿇고 앉자니 힘도 들겠다. 한 친구가 말한다. 아들은 한국에 나가서 일을 하는데 여기 오지 않았다고 한다. 그러나 저러나 상 저쪽에 앉아 합석한 두 부

139

인들에게 어떤 대화를 해야 할 것인가? 이런 고민을 하는데 그 분들이 김치와 불고기, 잡채를 잘 먹고 있는 것을 보고 물었다. 김치를 잘 아느냐? 잘 모른다고 한다. 그럼 내가 여름에 시원하게 먹는 물김치 담그는 방법을 알려 주겠다.

배추를 약 5-7센티 사각형으로 자른다. 거기에 왕소금을 약간 뿌려서 간단히 숨을 죽이고 간이 들게 해서 씻는다. 무를 넣고 싶으면 넣는다. 양파를 크게 두 쪽으로 쪼개어 넣는다. 파를 취향에 따라 고르는데 중파가 좋을 것이다. 잘 씻어서 몇 포기씩 단으로 해서 넣는다. 생강도 넣는다. 푸른 고추 큰 것 몇 개와 빨강 고추 큰 것 몇 개, 오이를 잘 씻어서 잘라서 넣는다. 이렇게 해서 물을 붓고 심심하게 간을 한다. 식초를 몇 숟가락 넣는다. 이렇게 하면 맛이 깔끔해지고 시원해진다. 단지에 담아서 그늘에 몇 시간 두었다가 조금 익으면 냉장고에 넣는다. 이렇게 이야기를 해가니 특히 셋째 부인이 관심을 많이 보인다. 그녀는 인도의 요가를 배워서 이 홀에서 동호인들과 함께 요가운동을 한단다. 그날 인도 옷을 입고 나왔다. 김치는 여러 가지 종류가 있는데 겨울에 담는 김장김치가 한국에서 잘 발전하고 있다고 말했다. 독일음식의 수준으로 보면 한국의 여름 물김치 담그는 것도 숙련과 신비가 깃들은 것이다.

자세히는 알기 어려웠지만, 홀거 교수는 유럽 1968년 혁명시대의 주역이었다. 그는 학교로 와서 자본주의의 모순을 극복하는 연구를 평생 해 가는 길을 잡았다. 첫 번째 부인은 68년 혁명의 동지였단다.

아마도 아름답게 결혼생활을 했을 것이다. 그러다가 어느 날 성찰의 기회를 갖게 되었단다. 68년 혁명은 기존의 질서를 의심해 보고 전복해 보는 것이 아니었느냐! 결혼해 행복하게 사는 것이 한편으로 좋은 일이지만 우리가 기존의 결혼제도에 매몰되고 있는 것이 아니냐! 우리는 기존의 전복을 편리하게 생각해서야 안 되는 것 아니냐! 그러면 기존의 제도에서 벗어나서 각자 '자율성'을 추구하자—이렇게 해서 각자 자기의 인생을 만들어가기 시작했다고 한다. 아마 둘째와 셋째 부인과의 만남과 헤어짐도 그런 맥락이었던 모양이다. 그렇기 때문에 종종 만나서 각자의 삶에 대한 이야기도 하고 토론도 하고 서로 격려도 하는 모양이다. 마치 68년 혁명의 긴 한 자락을 보는 것 같았다.

1968년을 열 살 나이로 지낸 어떤 프랑스 처녀는 약 6년 후에 1968년을 이렇게 기억한다고 한국유학생에 말한 것이 있다. "어머니 아버지가 연애할 때 길에서 뽀뽀를 하면 경찰관이 보고 호루라기를 불어 대던 일이 68년에 깨끗이 사라진 거예요." 이에 비하면 유럽의 68년 혁명을 소개한 국내출간 서적이 몇 권 나와 있는데는, 대체로 중앙집권적 정치체제, 안보-군사주의체제, 자연파괴적 성장주의 경제발전체제, 핵무기-비밀관리체제와 무모한 전쟁들, 엄숙한 가부장제, 그리고 남성 성인 권위주의 체제, 강력하게 내려오는 식민주의체제—이 모든 것을 전복시키고자 감행된 혁명이라는 것, 이 혁명이 곧 헤게모니가 장악된 부르주아 체제에 흡수되었지만 새로운 사회를 위한 사회운동의 새로운 장을 열었다고 평가된 내용이 주로 구성되어 있다. 그리고 우리나라에서 조급하게 소련붕괴 이후 그리고 문민정부의 출범이후 마치 '새사회운동'이 전개되어야 한다는 식의 논조, 특히 계급운동 혹은 노동운동의 역사적 사명의 마감을 주장하는 논조에 이 유럽의 68년 혁명을 거론하는 논자도 많았다. 오히려 흘거 교수처럼 자신의 일상생활과 연구활동, 그리고 한국과 같은 곳의 사회운동의 활력에 대한 관심 등에서 자신의 '자율성'을 추구하고 시험해 보는 진지한 사람들이 각고의 노력을 하고 있음을 주목하게 한다.

마침 박종철출판사에서 로널드 프레이저가 쓴 『1968년의 목소리— '불가능을 요구하라'』를 번역 출간하였다. 여섯 나라 230명의 이야기로 짜여진 1968년 이야기이다. 프랑스 어느 고등학교 학생은 말한다. "1968년 5월에 대한 나의 생생한 기억이 무엇이냐고요? 모든 이들이 새롭게 발견한 말할 수 있는 능력입니다. 즉 누구와 무엇이든 말할 수 있는 능력입니다. 5월 한달 동안의 대화 속에서 사람들은 5년 동안 공부한 것보다 더 많을 것을 배웠습니다. 그것은 진정으로 또 다른 세계였지만—아마 꿈의 세계였을 것입니다—그것은 내가 항상 기억하고 있던 것이었습니다. 모든 이들이 말할 필요와 권리 말입니다."

1968년에 프랑스 젊은이들이 이제 말하기 '시작하다'를 외치는 것을 여기 한국에서 그 당시의 상황으로 듣자면 유럽의 민주주의 발전 진화에 대한 환상에 젖은 우리로서는 너무 의아했을 것이다. 그렇지만 홀거 교수가 자신을 시험하고 있는 동안에, 한국에서는 진정 '말을 해야 할' 것을 너무 많이 잉태하고 있는 것이리라. 아마도 곧 한국에서 유럽의 '1968년'과 같은 일이 1987년과는 또 다르게 벌어지리라는 예감이 든다.

<< 불나비

수제비

2002년 08월 29일 18시 50분 34초

경남 하동 화개라면 누구나 기억할 것이다. 예로부터 화개장터가 유명했다. 지금도 구례와 하동과 쌍계사로 연결되는 삼거리에는 옛 정취가 남아 있다. 그 삼거리에 가면, 어느 음식점에 '화개천 다슬기 수제비'를 한다고 안내한 글이 보인다. 이번 여름 지나가면서 눈에 띄어서 수제비를 먹기로 했다. 작은 음식점, 50대 아주머니가 음식을 장만해 준다.

지리산 의신에서 내려오는 화개천이 쌍계사 앞을 지나 이 삼거리 까지 내려와서 섬진강으로 연결된다. 비가 많이 오기 전에 화개천에 서 잡은 다슬기란다. 그런 다슬기라야 맛이 싱겁지 않다고 한다. 수 제비하는 밀가루는 하루 전에 반죽을 해 두는 것이 좋다. 찰지다. 그 래서 끓이는 물에 넣어도 풀어지지 않는다. 2인분 정도의 양에는 감 자 하나를 얇게 썰어서 넣는다. 감자가 너무 많으면 국물이 너무 퍼진다. 부추 얇은 것을 조금 잘라서 넣는다. 수제비 모양이야 아줌마의 솜씨이다. 잘 끓여서 수제비 한 그릇을 먹게 되면, 우선 그 국물 맛부터가 향긋하게 시원하다. 더위도 더운 것으로 시원하게 풀어준다고나 할까. 이쯤 되면 다슬기 수제비는 정말 토속적인 고급 음식이다.

1945년으로부터 약 10년간 수제비를 많이 먹었다. 특히 1950년 6.25전쟁이 있을 때 전선이 지나고 간 뒤, 진주는 중심 시가지가 미군의 폭격기에 의해 폭격을 당해 폐허가 되었다. 피난갔다가 돌아오고 난 후 하루하루 먹이도 힘들게 구하게 되었다. 비봉산 줄기 산등성이로 올라가서 밭에서 고구마를 사다가 쪄서 먹기도 하였다. 밀가루를 구하면 손국수보다도 수제비를 해서 먹었다. 수제비가 국수보다 식구 많은 집에는 국물이라도 해서 두루 먹기에 좋았기 때문이었다. 어머니가 부엌 솥에서 밀가루 반죽을 떼어서 끓는 물에 던져 넣을 때 아직 열 네살밖에 되지 않은 사내애조차 어머니 옆에서 간절하게 이야기한다. 반죽 큼직하게 몇 개 던져 넣어서 나중에 나에게 주기를 살살 주문하는 것이다. 어머니가 가끔 큼직하게 뚝 떼어 던져 넣으면 신이 나는 것이다. 국물은 무엇으로 우렸을까? 당시에는 멸치조차 쉽게 유통되지 않았으니 말이다. 그나마 진주는 사천만이 가까워서 아낙네가 꼬막이라도 함지에 이고 와서 팔곤 하였다. 꼬막이라도 넣으면 맛이 일품이었을 것이다.

이렇게 해서 6.25 후반을 견뎌내고 있었다. 그 후 세월이 가고 난 뒤 가끔 어릴 적에 먹던 수제비 맛이 생각나면 어머니께 수제비 장만해 주기를 간청하곤 하였다.

그러다가 박정권은 그 독재적인 힘으로 쌀밥 대신 밀가루 음식 먹기 운동을 전개하였다. 여러 가지 밀가루 음식이 나오고 세기적인 음식 '라면'이 등장하였다. 70년대 후반 박정희 대통령이 영구집권을 하도록 하기 위해서 '박정희 근대화 신화'를 만들어 내고자 했던 사람들은 궁핍의 시대로부터 풍요의 시대로 발전했다고 선전하기 시작하였는데, 그 때 성장 발전의 예로서 자주 든 것이 있다. 통싯간에 가서 뒤를 돌이나 볏짚으로 닦던 것을 이제는 화장지로 닦는다든지, 먹을 것이 없어서 감자나 고구마, 보리나 수제비 먹던 것으로부터 쌀밥이나 밀가루 음식을 풍족하게 먹는다, 혹은 돼지고기나 통닭을 넉넉히 먹게 되었다는 것.

농촌에서 나온 도시빈민들이 오죽하면 선전광고에 박카스를 마시면 힘이 솟는다고 하니 밥 한끼 사먹으려던 돈으로 박카스를 마셨다는 우스개 같은 사실도 있었다.

벌써 십여 년 전 일이다. 서울에 사는 초등학교 동창들이 오랜만에 만났다. 여학생도 몇 사람 나왔다. 나이 오십대 후반으로 접어들고 있었다. 서울에서 이미 이런 저런 일을 하면서 세월을 보낸 사람들이다. 혜화동 골목 어느 조그마한 음식점을 찾았다. 서울에서 꽤나 이름난 집이다. 수육과 문어쟁반, 그 맛도 맛이거니와 값도 웬만하였다. 파전도 잘 하는 편이었다. 술을 곁들어 먹으면 어떤 모임도 재미있어지는 그런 장소로도 좋은 곳이었다. 그런데 문제의 발단은 수제비에 있었다. 이미 수제비는 도시 기름기 흐르는 사람들에게는 건강식품의 반열에 올라 있었고 과식을 하지 않게 한다는 인식도 있었다. 그래서 초등학교 친구들이 기꺼이 수제비를 주문해서 먹기 시작하였다.

그런데 웬일인가? 갑자기 날카로운 금속성 소리가 나오지 않는가! 여학생 친구 하나가 악을 쓰듯이 소리를 지른 것이다. "내가 이따위 수제비 먹으러 여기 나온 줄 아나? 남자들이 왜 이리 쩨쩨해. 나는 오늘 모임에 정장하고 나왔어. 팔찌도 끼고 반지도 끼고 화장도 돈 들여서 하고 왔어. 그런데 수제비를 먹으라고? 이것 못 먹어……수제비 보면 울화가 치밀어. 옛날 못 살 때 이 수제비 먹고 지냈어. 그때 생각하란 말이야?"

분위기는 갑자기 반전을 하는 것이다. 은행 간부도 있고 국회의원도 있고 자그마한 사장들도 있었다. 이런 남자 친구들이 쩔쩔매게 되었다. 이들이 나서서 얼른 일어나 좋은 곳으로 가자고 법석이었다. 나는, 그 집을 소개한 나는, 미욱함을 스스로 달래면서 일어날 수밖에 없었다. 우리는 서로 너무 분화가 된 것이다. '살면서 어린 시절의 초등학교 동창이 제일 좋더라'고 하는 말도 그저 그런 말이다.

≪ 불나비

찔레꽃 향기는 너무 슬퍼요.

— 불안정으로 내 몰리는 노동자들의 삶에

2002년 09월 16일 13시 57분 39초

지난 14일 오후 종로에서는 노동자들이 모여서 경희의료원과 강남성심병원 등 몇몇 병원의 노동자 파업에 경찰이 침탈하여 노동운동을 탄압한 데 대하여 규탄집회를 열고 시위도 하였다. 병원이라서 그런지, 최루탄을 쏘지 않은 것만으로도 다행이라 해야 할지. 그 동안 경찰이 여성을 많이 채용하여 집회와 행진이 있을 경우 길가에 줄을 서서 대열이 흩어지지 않게 '예쁜 모습'을 보여 주더니 이제는 덩치 큰 남자 경찰들과 함께 농성장에 들어가서 파업노동자를 끌어내는 데, 특히 여성노동자를 끌어내는 데 힘을 다하고 있는 모습을 현장에서 찍은 동영상을 통해 보여주고 있다

그 날 오후 문래동 어느 장소에서 '전국불안정노동철폐연대'가 출범하였다. 2년여 준비 끝에 이제 정식으로 일을 시작한 것이다. 이제

취업하고 있는 사람들의 반 이상을 넘어서게 된 비정규직 노동자는 1997년 이후 급속히 증대되었다. 일용직, 임시직, 간접고용과 단시간 노동, 특수고용직, 이주노동자, 장애노동자 등의 형태로 일을 하는 사람들이 생계를 위한 먹이를 구하기 위하여 일터를 찾아 전전하고 있다. 평생 직장이나 평생 직업이라는 이름이 이제는 급속히 사라지고 있다. 일하는 사람, 일하고자 하는 사람들의 3분의 2가 이 불안정한 노동과 생활로 가게 되는 세상이 곧 닥치고 있다. 먹이를 찾아 유랑하는 사람들로 가득 차게 되는 세상이다. 불안정한 노동은 생계를 위한 임금 수입을 극히 제약한다. 아주 적은 돈의 임금을 받아야 하고 그 돈으로 생활에 요구되는 비용을 지출해야 하지만, 그것을 감당하기 어려워진다. 생활의 물질적 수준이 낮아지고 급기야 생존의 최하선 아래로 내려가는 인구의 비율이 불쑥 불쑥 자라나고 있는 것이다.

이 불안정노동자들이 안정된 생활, 사람다운 생활을 찾아가고 또한 확보하고 그들의 삶의 질을 높이는 데 있어서 종전의 노동조합형태의 운동만으로는 감당하기에 너무 문제가 큰 것이다. 그렇기 때문에 불안정노동을 하는 사람들이 조직을 하고 자기들의 생존적 요구를 정치적으로 조직적으로 제시해야만 한 것이다. 그 출발이 시작된 것이다.

이 출범에 부쳐서 한 노동자가 시를 썼다.

나의 노동은

조선남(66년 대구출생, 불안정노동철폐연대회원, 건설노조간부)

누군가 나를 감시하고 있다

나의 노동을

나의 삶을

날카로운 드릴로 이마를 뚫고

감시카메라를 장착해

꿈꾸고 사랑해 온 시간들

잊혀진 기억까지 감시하고 있다

직장 상사인가

언제나 나의 자리를 넘보는

저, 주림에 지친 저 눈빛들…… 하청노동자들인가

아니다 살아남으려는 발악에 가까운 몸부림

내 몸값을 올리고, 언제든지 무슨 일이라도 할 수 있게

다양한 기능을 익혀두라고 충고하는

약육강식, 야만의 경쟁논리가 나를 감시하고 있다

꿈속까지 쫓아와 나를 다그치는 불안감

대체 이 불안감의 정체는 무엇인가

끊임없이 경쟁으로 내 몰리고

그 대상이 결국 나의 노동이 되는

갈가리 찢겨져 객체로 남아 버린

야만의 시간들 속에 꿈은 사라지고

사랑도 시들고

삶의 의지마저 꺾인 채

나의 육체는 더 이상 영혼을 담는 그릇이 아니라

자본의 이윤에 약탈된 빈 껍질이다

나의 노동은 늘 고부가가치의 생산을 요구받고

그때만 고용이 보장된다

또한 나의 노동은

늘 동료들의 노동을 감시하고

언제라도 대체인력으로 투입될 수 있는 값싼 노동이다

사슬에 묶여

벼랑 끝에, 풀뿌리라도 부여잡고 매달린

나는,

시퍼런 칼날 위에서 대치하고

절망과 희망의 가르는 전선이다.

소리꾼 장사익이 '찔레꽃 향기는 너무 슬퍼요. 그래서 울었지 목놓아 울었지' 하고 노래한다. 순전히 농사에 매달려 살던 인구가 대다수였던 시절, 소작농들은 봄이 오면 이미 양식이 떨어지고 초근목피로 연명하며 날씨가 따뜻해지는 봄을 반가워한다. 그러나 보리가 익기 전에, 보릿고개를 한참 숨차게 넘어가야 하는 시절에 봄은 오고 진달래가 강산에 흐드러지게 피는 계절이 가면 찔레꽃이 논둑 산모퉁이마다 아름답게 피어오른다. 배고픈 심사도 모른 채 핀다. 그래서 찔레꽃 향기가 너무 슬픈가 보다.

우리나라도 농촌에 사는 인구가 절대 소수로 줄어들었고 앞으로 '농부'는 없어지고 '농업노동자'만이 존재하리라고 한다. 변화된 사회, 투자의 제국, 국제적 거대자본이 지배하는 사회, 썰렁한 바람이 휘몰아치는 거대한 도시에서 불안정노동에 삶을 의탁해야 하는 사람들은 찔레꽃 향기를 맡아 본 적도 없을지라도, 그 노래가 슬픈 것임을 절로 알게 될 것이다.

그러나 어쩌랴, '새 날이 밝아 온다'고 나서지 않고서야 어쩌랴！

≪ 불나비

노예같이

2002년 10월 08일 10시 16분 30초

가을이 오는 계절에 남도 한려수도가 빚어내는 아름다움은 너무 가슴을 친다. 삼천포항에서 동쪽으로 해안을 따라 가면 바다를 막는 산을 돌아가기도 하고 고개 마루에 올라 보면 호수 같은 바다가 자락자락 나온다. 한참 돌아가면 저 밑에 상족암이 나타난다. 공룡이 놀았다는 곳—남긴 발자욱을 보면 그들도 어지간히 춤을 춘 모양이다.

거기서 좀 더 동쪽으로 굽이굽이 돌아가면 작은 어촌마을에 이르는데, 그 곳으로 막 돌아 가려는 언덕에 바다가 동쪽으로 내려다보이는 곳에 아담한 카페가 있다. 한번 들어가 보고 싶은 매력을 풍긴다.

천장이 푹 올라간 홀은 심상치 않게 서구취향적 분위기를 자아낸다. 메뉴 판에도 웬만한 배달족이면 알아보기에도 힘든 글로 표시되어 있다. 칠십이 족히 되어 보이는 여인(할머니라 하지 않는 데 대하여 양해하기를 바란다)이 나타나서 맞이한다. 이십대 중반으로부터 삼십대 문턱에 있는 젊은이들 십여명(남녀 반반)이 일행을 이루고 있는 손님들을 안내하여 자리에 앉힌다. 그리고 메뉴를 설명하는데 자기는 커피보다도 홍차를 더욱 잘 끓인다고 말한다. 그리고 일곱 가지 코스의 스테이크를 잘 장만한다고도 하지만 손님들은 차만 마시고 가기로 하여 여러 가지 주문을 하였다. 그런데 그 여인, 긴 원피스를 찰랑거리게 입고 목에는 장식용 마후라를 걸쳐서 날린다. 아주 개성이 툭툭 튀는 그런 얼굴이다. 몸놀림이 활기차다. 홍차에 스카치나 꼬냑을 조금 넣어서 낸다고 한다.

　자기가 홍차를 잘 끓이는 솜씨는 평생 사십년 동안 남편에게 끓여다가 바친 덕분이란다. 그러면서 '평생 노예살이 했어요, 남편에게' 이렇게 말한다. 젊은이들이 이 말에 너무 의아해 한다. 남편의 성격이 까다롭고 서양적 음료에 취향이 깊어서 아내인 자기가 언제나 만들어 대령해야 했기 때문이라는 것이다. 노예살이라!!

　구십대 어머니나 할머니들은 가끔 이런 말은 한다. "너희 집에 시집와서 평생 종살이했다. 시부모님 받들어야지, 남편 받들어야지 자식새끼들 키워야지. 일제시대 시집살이는 더욱 고되었다. 식량도 부족하고 온갖 빨래를 한 벌 두 벌 삶아서까지 해야 하는데 물이 귀하니 강으로 빨래를 이고 나가서 하루 종일 해야 한다. 추운 겨울에도 강가에서 두 벌 빨래를 하고 집에 돌아오면 허리가 빠진다. 아이는

울지, 어른들 진지 차려 드려야지……왜놈들은 수시로 나와서 놋그
릇이고 쇠붙이는 모조리 쓸어 가지, 식량은 귀하지…….”

그리고 이어서 “자식새끼는 내 몸에서 낳는데 성은 모두 애비 따
라 가고, 이건 남의 집 좋은 일만 하는 거지. 이것이 모두 종살이다,
종살이……빨래는 이제 세탁기가 하고 입식 부엌에는 꼭지만 틀면
물이 쏟아지고, 전기는 대낮같이 밝고, 아이는 하나나 낳고, 자동차
있고, 반찬은 온갖 가지 시장에서 사 먹을 수 있고, 그러는데 애 하
나 가지고 쩔쩔매기는…….”

이렇게 하여 그 종살이의 물질적 측면은 옛날에 비하면 문명적 혁
명을 치루어 낸 셈이다. 자식들이 승용차로 모시고 이 음식점, 저 음
식점 모시고 가서 화려한 음식을 드리고 멀리 여행도 다니시게 되면
‘그 종살이’는 거의 또 사라지는 셈일 것이다. 그런데도 그 연세 많으
신 할머니는 살아 온 자기 집, 자기 가정을 남의 집이라 생각하고 평
생을 그 집에서 ‘종살이’했다고 머릿속에 깊이 생각을 가지고 있는
것이다. 젊은이들은 그 할머니들이 평생 가족을 이루고 살아 온 집
을 자기 집이라 생각하지 않은 것에 의아해 한다.

‘노예살이’ 말에 놀란 젊은이들, ‘종살이’ 타령을 이제 거의 듣지
않게 된 젊은이들, 이미 이 젊은이들이 꾸려갈 가족은 옛날과는 엄
청나게 달라진 것에 모형을 설정할 것이다. 이제 그들에게는 ‘행복’
만 가득할 것인가! 나는 그 행복에 가득 찬 젊은이들의 가족을 창문
틈으로 들여다 봐야겠지, 그래야만 ‘종살이’시킨 혐의를 받고 있을

법한 나도 그 혐의를 벗어날 궁리의 실마리를 찾을 수 있을 것이다.
잘 될는지 모르지만. 그 너무나도 애매한 '행복'의 실체를 보기 위해
서라도.

≪ 불나비

일출봉에 해 뜨거든

2002년 10월 23일 13시 02분 56초

　　지난 10월 13일 '사회진보연대'의 임시총회가 열리고 마친 뒤에 뒷풀이 마당이 있었다. 30세 전후의 혈기방장하고 진보의 꿈을 꾸는 젊은이들이 가득 자리를 메운 모임이었다.(이렇게 젊은이들이 사회운동에 적극 참여하고 있는 나라가 드물다는데 축복 있기를!!) 술도 몇 순배 돌고 나니 몇 친구들이 일어나서 노래를 부른다. 주로 운동가요를 부르며 운동에의 확신을 다짐한다. 그러더니 날 보고 노래한 자락 하라고 한다. 노래 하나 할 수밖에 없다. 잘 부르지도 못하는 주제에.

일출봉에 해 뜨거든 날 불러 주오,

월출봉에 달 뜨거든 날 불러 주오

기다려도 기다려도 임 오질 않고……

불나비처럼

157

첫 마디가 나가자마자 젊은이들이 아~ 하고 한 숨을 토한다. 구닥다리 중에서도 구닥다리 노래라 여겼으리라. 나는 그 때 언뜻 한 분을 생각했기 때문이었다.

이 노래는 80년대 초반 운동가요가 본격적으로 나오기 전에 운동권 언저리에서 곧잘 부르던 노래이다. 고 유인호 교수가 당시 딸애한테 배웠다면서 애써 힘주어 자주 불렀던 노래이다. 이 모임이 있기 며칠 전인 10월 10일에 양평 앙덕리 정승마을 한강이 내려다보이는 동산에서 고 유인호 교수 10주기 추도모임이 있었다. 10년 전이니 1992년에 별세하신 것이다.

그 분이 정년퇴임하기 전 1990년 한 해 동안 영국 런던에 가서 연구년을 보낸 일이 있다. 마침 나는 동구권 집단여행을 하게 되어 북극을 돌아가는 비행항로를 타고 영국에 가서 하루 쉬는 사이 유 선생과 연락이 되어서 사모님과 딸과 함께 템즈 강변으로 가서 생맥주를 마셨다. 유 선생 덕분으로 런던 지하철도 타보고 템즈 강에 매달아 놓은 자그마한 배에 올라 몇 가지 맛이 다른 생맥주를 마셨다. 유 선생이 호기있게 런던 술을 모두 대접하겠다고 하였지만 런던의 을씨년스러운 날씨에 술이 벌컥벌컥 넘어가기 어려웠다.

유 선생은 70년대 교수로서 민주화운동에 참여한 몇 분 안 되는 투사였다. 80년에는 결국 다시 김대중음모사건 가담자로 옥고를 치르면서 해직되었다. 80년 전두환이라는 사람이 정보사령관으로서 다시 안기부장을 겸임하는 사태가 매우 세상을 불안하게 하고 있을 때 교수들이 모여서 우선 '최근의 학원사태에 관한 성명서'를 발표하였다. 족벌체제의 사립학교가 정비되어야 한다는 것과 교수재임용제도를 근본적으로 개선할 것과 군사교육의 근본적 개선 그리고 대학자율성 제고를 주요 내용으로 하였다. '재경 교수 361명 서명'이라 명시하였다. 이 일을 변형윤, 이효재, 길현모, 유인호, 이우성, 조요한 등 여러 교수분이 주도하였다. 이 교수분들은 또 5월에 발표한 지식인 100인 선언에도 참여하게 되어 모두 해직을 당하였다.

유 선생은 70년대 민주화운동에 참여함으로써 기독교인들과 자주 접촉하였다. 그리하여 해직기간에도 교회 쪽의 강연에 자주 초청받아 경제는 유 선생이 주로 맡고 정치는 해직 교수 장을병 교수가 주로 맡았었다. 10주년 추도모임에서 박형규 목사와 장을병 교수의 추도 이야기에서도 확인되었다.

해직기간에도 유 선생은 절대 기가 꺾여서 지내는 분은 아니었다. 용기와 열정이 있어서 후배 해직교수들을 격려하고 북돋아 주었다. 물론 강호에 떠도는 신세이기도 하니 자연히 술도 마시지 않을 수 없었다. 83년쯤이던가, 찬 기운이 갑자기 찾아온 초겨울 어느 날 종로 뒷골목 '정종대포 선술집'에 변형윤 선생과 박현채 교수와 유 선생이 술을 자시는데 보아하니 컵(맥주 잔보다는 약간 작은 컵)에 술을 따라 건네면 잔을 받은 채 쭉 한숨에 들이키고는 상대에 건넨다. 이를 반복하니 순식간에 몇 잔을 들이키는 것이다. 술기운이 쭉 올라오는 것이다. 그러면 변 선생과 유 선생은 자기 '경제학'이 한국경제를 월등하게 잘 설명할 수 있다고 서로 자랑삼아 말을 하는데 상대에게 말할 틈을 주지 않으려고 쉬지 않고 말을 하는 것이다. 그 장면이 참 재미있었고 그러는 사이에 나는 배움을 얻기도 하였다.

이 분들이 나중에 '해직교수협의회'를 주도하여 만들었고 이로써 전두환 군사정권에 정면으로 도전하였다.

80년대 초반을 암울한 시기라고 흔히 말한다. '임을 기다리는 마음'이야 오죽하랴. 그 암울한 시기 전에 또한 '유신'시대라는 가증스러운 시기도 있었으니 말이다. 유 선생 사모님은 자주 유 선생을 따라 민주투사들의 모임이나 법정에 함께 나오곤 했다. '달덩이' 같았다. 유 선생 돌아가신 지 십 년에 '임'이 계신 동산 아래에 집을 짓고 '임'과 함께 도란도란 이야기하면서 살아가신단다. 남편을 지극히 사랑하였고, 남편의 '민주화 운동'을 신뢰하였고, 그리하여 돌아가신 '임'의 넋도 사랑하는 일편단심이 세월을 더해 깊어만 가는가 보다.

'일출봉에 해 뜨거든……'

<< 불나비

신체발부(身體髮膚)는 수지부모(受之父母)라

2002년 11월 15일 00시 41분 00초

1

위의 글귀는 공자의 어록중의 하나인 『효경 孝經』에 나온다. 이래서 자식된 사람은 자기 몸을 귀중하게 보존해야 한다. 조선시대에는 자식이 부모에게 극진히 효를 다하기 위하여 부모가 편찮으면 자식이 자기 살을 베어서 피를 부모에게 먹이는 사실이 자주 있었던 모양이다. 그리고 이를 가지고 효자문을 나라에서 세워주어야 한다는 일도 간혹 있었던 것 같다. 조선의 실학자 다산 정약용의 『목민심서』에서 이것이 잘못된 폐습이라 하여 척결하기를 주장하였다.

2

요즘 보도에 의하면 우리나라에도 젊은 나이인데도 탈모증의 사람이 많아지고 있다고 한다. 특히 젊은 여성도 이 탈모증에 시달리는 사람이 늘고 있다고 한다. 머리이식을 하는 의료원이 이 때문에 장사가 잘 되고 있는데 그 이식하는 과정을 텔레비전에서 방영하기도 하여 탈모증의 심각한 상황을 드러내었다. 물론 이 탈모증의 사람이 머리카락을 이식하는 것은 효경의 말씀에 잘 따르자는 것이 아니라, 몸 관리 혹은 보기에 흉하다는 관념 때문에 그러하다고 한다. 이 탈모증이 시대적 증상처럼 나타나기도 한다는 의미에서 이를 숨기고 치유할 것이 아니라 그대로 드러내어 살고자 하는 사람도 동시에 늘어난다고 한다.

‘커밍아웃’ 한다는 것이다. 마치 동성애자나 에이즈환자나 몸에 핵방사능이 들어온 사람이 숨길 것이 아니라 사람들에게 알리고 함께 살아가는 사람으로 인정해 주기를 바라는 것과 같은 것이다. 아마도 이를 통해 인간은 서로 감싸야 할 새로운 문제적 사람을 인지하고 이해하고 연대하는 길을 찾아나가는 모양이다.

3

우리나라에서는 삭발하는 경우가 있다. 젊은이가 군에 입대할 경우 대체로 삭발을 한다. 그렇지 않으면 어떤 결단을 내려 이 의지를 보이고자 할 경우 삭발을 한다.

효경의 말씀의 뜻에 따르자면 삭발은 불효하는 일이다. 전통사회에서 불효는 사회적 추방의 죄목이다. 그렇기 때문에 삭발은 불효하는 만큼의 결단을 하지 않으면 불가능하다. 불효는 정상적인 사람의 도리로서 하는 것이 아니기 때문에 삭발은 목숨을 내놓고 하는 것과 마찬가지인 것이다. 옛날 19세기 말엽 갑오농민전쟁이 일어나고 난 뒤 삼십만명이나 되는 조선사람을 일본군을 빌려와서 처단하고 난 뒤, 이를 수습하는 과정에서 조선왕조는 천민을 해방시키면서 당시 임금인 고종이 개화한다는 의미에서 머리를 깎고 양복을 입었다. 전국에 상투를 없애는 삭발령을 내렸다. 유학자뿐만 아니라 웬만한 사람들은 임금이 백성들에게 인륜으로서는 하지 못할 불효의 짓을 강요한다고 해서 저항하였다. 머리카락도 '수지부모'라 하여 깎아낼 수 없는 것이라 하였다.

4

우리는 근래에 머리를 깎은 사람들을 종종 본다. 삭발하는 의식도 갖는다. 깎는 사람이나 깎이는 사람이나 이를 보는 다수 사람들도 비장한 마음으로 가위질하는 손이 떨리고 잘려나가는 머리카락을 보고 눈물도 흘린다. 사회운동권에서 자기 주장이 잘 알려지지 않거나 제기한 문제가 탁탁 막혀 잘 풀리지 않을 경우 삭발하는 의식을 갖는다. 단식하는 경우와 비슷하다. 실업자가 된 사람의 운동, 비정규직으로 내몰린 사람들의 울분과 저항, 성폭력을 규탄하는 여성, 단체협상이 잘 되지 않고 파업으로 내몰린 노동자들이 어느 누구로부터도 해결의 실마리가 잡히지 않을 경우, 삭발 의식을 수행한다. 스크린쿼터 사수를 위하여 젊거나 늙거나 간에 영화배우도 하였고, 참

교육을 외친 교사들도 하였고, 구조조정을 반대하는 민주노총 의장
단도 하였고, 한총련 대학생들도 하였고, 의문사로 죽은 자식의 정확
한 조사를 위해서 나이 많은 부모도 한다. 장애인이 이동권과 고용
기회를 주장하기 위해서도 한다. 이주노동자도 동일한 인간으로 대
접해 줄 것을 요구하면서 한다. 광주의 민주화운동 교수도 하였고
부당한 재임용제의 피해를 입은 교수도 한다. 심지어는 국회의원까
지 삭발한다. 참 비장한 일이다.

그렇지만 '합법적 절차'나 '무노동무임금' 신봉자들은 이 삭발의
비장한 주장을 외면한다. 신자유주의 신봉자들은 이 비장한 일을 좁
은 소견의 짓이라 하여 외면한다.

옛날에는 비록 신체발부는 수지부모라 하여 삭발은 불효에 해당
되는 것이지만, 오늘날에는 삭발의 의식이 사회운동에 정의(正義)의
비장감을 흐르게 한다. 그리고 그 절실성을 느끼게 한다.

<< 불나비

호랑이 꼬리로 분을 발라

2002년 12월 05일 16시 32분 05초

우리 집에는 4살 짜리 손녀 녀석이 있는데 요즘 '싫어'라는 말에 묘미를 느끼는지 대꾸마다 '싫어'다. 밥 먹자 해도 '싫어', 밥 먹어라 해도 '싫어', 빵 먹어라 해도 '싫어', 잠자거라 해도 '싫어', 밤 먹어라 해도 '싫어' 한다. 생글생글거리며 눈길을 피하며 딴청을 피운다.

며칠 전에 저녁 무렵에 와서 식사시간이 되었다. 밥상을 차려 놓고 그 녀석더러 와서 먹어라 해도 '싫어' 소리만 해댄다.

그래서 내가 호랑이를 끄집어내어 이야기했답니다. "너 밥 먹지 않고 자다가 밤중에 배고파요 하고 소리 지르면, 호랑이가 와서 꼬리를 들고 너 종아리에 회초리질을 하면 아프지요."

이렇게 말을 꺼내어도 '싫어' 소리만 낸다. "호랑이는 할아버지 친구인데 내 말을 잘 듣거든요. 호랑이가 먹물을 가져 와서 꼬리에 먹물을 찍어서 너 얼굴 뺨에 한쪽으로 이렇게 칠하고 저쪽에도 이렇게

불
나
비
처
럼

칠하면 (八字모양을 시늉하면서) 너 얼굴이 먹칠이 되어서 미워지겠지.”

이 말에 약간 주의를 보낸다. 그래서 다시 반복해서 “호랑이가 먹물을 가져와서 꼬리에 먹물을 찍어서 너 얼굴에 이렇게 칠하고…….”

그러니 약간 주의를 더 준다. “네가 밥을 잘먹고 자면 호랑이가 분을 가지고 와서 꼬랑지에 분홍색 분을 찍고, 빨간 분도 찍고 노랑색 분도 찍고 해서 너 얼굴에 토닥토닥 발라주면 아이구 참 예쁜 얼굴이 되겠네, 정말 예쁘게 되겠네.”

이 말에 약간 구미가 당기나 보다. 그래서 다시 반복한다. “너가 밥 잘먹고 자면 내 친구 호랑이가 분 통을 가져 와서 꽁지에 분홍색 분, 빨강색 분을 찍어서 너 얼굴에 토닥토닥 발라주면, 어머 참 예쁘게 되겠네.”

이를 다시 반복한 뒤에, “어서 할머니한테 가서 밥 주세요 해봐.” 그제사 그 손녀 녀석이 할머니한테 촐랑 가더니 밥 달라고 입을 딱 벌린다. 할머니는 한 숟가락씩 밥과 김치와 생선가시 발라서 입에 넣어 주면 그 녀석은 나 보란 듯이 내 주위를 한 바퀴 돌고 다시 가서 한입 가득 밥을 받아먹는다.

이렇게 해서 한 그릇을 잘 받아먹고는 신이 나서 여러 노래를 율동을 해 가면서 부른다.

“창밖에는 눈이 내리고 창밖에는 눈이……”

“엄마와 함께 공원에 나들이 갈 때 먹어 본 솜사탕……”

166

“만두를 많이 먹었더니 배탈이 났네, 간호사 아주머니가 주사를
놓았는데, 하하하하……”

“곰 세 마리가 한 집에 살았는데, 아빠 곰은 뚱뚱해, 엄마 곰은 날
씬해……”

온 마루를 무대로 해서 뛰놀며 노래를 부른다.

할머니가 말한다. “네 할아버지 인내심이 대단하셔. 옛날 네 애비
나 삼촌, 고모가 밥 먹지 않고 빈둥대었다가는 벌써 혼이 났을 건데.
끝내 구슬려서 밥 먹게 하시네.” 다음 날 낮에 그 녀석이 전화를 해
서 할아버지를 찾더라고 했다.

이 녀석하고 호랑이 이야기를 하기 전에 그 녀석의 사촌 여섯 살
짜리 손녀하고 계속 호랑이꿈 이야기를 주고받았다. 언젠가 이런 말
을 했다. “할아버지 꿈에 호랑이가 놀러 와서는 할아버지 집에 예쁜
아기가 있느냐고 물었단다. 그래서 할아버지는 손녀 하나가 있는데
아침에 일찍 일어나서 유치원에 갈 준비도 잘 하고 밥도 잘 먹고 한
다고 했더니, 호랑이가 다음에 올 때 분을 가지고 와서 꽁지에 분을
발라 너 얼굴을 곱게 만들어 주겠다고 하더라.”

이렇게 해서 매일 전화를 해서 “할아버지, 어제 밤 꿈에 호랑이가
왔었어요? 그래서 뭐라고 해요?” 질문을 하면 이야기를 연속해서 만
들어 해 주곤 했다.

어느 날에는 호랑이가 사람이 되고 싶어서 마늘과 쑥을 가지고 곰

하고 굴에 들어가서 사람이 되기를 백일기도를 했는데 곰은 사람이
되고—이렇게 이야기를 진행하는데 그 녀석이 "그 이야기는 유치원
선생님이 해 주셨어요" 한다.

"응, 그렇구나, 참 재미있는 이야기인데, 그런데 말이야. 호랑이는
그 때 백 날을 참지 못하여 사람이 못된 것이 창피해서 사람이 살지
않는 산 속에서 살고 낮에는 사람 사는 곳에 나오질 못하지. 사람이
된 곰은 너무 예쁜 아가씨가 되었단다. 너처럼 말이다. 그런데 지금
산에 살고 있는 곰은 예쁜 사람으로 변하지 못해서 사람들이 보면
무서워할까 봐 산에서 산단다."

이제 이 녀석은 호랑이 이야기가 약간 관심 밖으로 밀려나가는 듯
하고, 작은 녀석이 오히려 관심을 갖는다.

중국의 노신이 자신의 문학적 상상력은 어릴 때 어머니가 들려주
신 이야기에서 자라났다고 말한 것을 읽은 적이 있다. 어머니는 책
을 많이 보고 이야기한 것이 아니라, 이야기를 해주기 위해서 스스
로 상상력을 키워가면서 꾸민 이야기를 해 주었다고 한다. 관찰과
상상력 그리고 이야기—재미있는 일이다.

<< 불나비

마지막 강의

2002년 12월 31일 18시 22분 34초

오늘은 직접적으로 저 개인적인 일에 관련하여 글을 쓰려고 합니다. 양해해 주시길 바랍니다.

2002년 12월 30일 학교에 나가서 기말성적 제출하고 석사논문 하나 심사한 일로 나의 오랜 교수생활의 일상적 일을 마쳤다. 요즘 비정규직 취업이 많아지고 있는 추세에 비추어 보면 한 직장에서 35년 2개월을 근무했다면 이 사람으로서는 '장기적인 행운'을 누린 셈이다. 이 점을 감사하지 않을 수 없다. 64년에 강사로 강단에 서고 68년 1월 초하루로 전임강사로 발령을 받아 교수생활을 시작하였다. 그 이후 한번도 그 곳을 떠난 일이 없었다. 다만 80년 7월부터 4년 1개월 '해직'되었던 일이 있지만 마침 정년을 앞둔 며칠 전에 그 시기가 복구되었다.

대통령 선거가 있던 날 12월 19일, 대학원강의를 마지막 강의로

하였다. 수강생들이 다른 날짜로 옮기기 어려워서 그 날 시간표대로 하기로 하였다. 두 시간 동안 수강생들의 기말연구보고서를 발표하였다. 그리고 이어 두 시간 동안 수강생 외의 대학원생, 박사들 그리고 외부에서 몇 사람이 참석한 가운데 나는 마지막 강의를 하였다.

젊은 시절 우리 사회가 발전해야 한다는 강박감에 사로잡혀 있었는데 하나는 민주화이고 하나는 자립경제의 발전 문제였다. 이것이 어느 정도 이루어지면 남북통일도 가능할 것이라고 믿었다. 60년의 4.19혁명은 이러한 생각에 강한 충동을 주었다고 생각된다.

전통과 합리성을 이해하는 인식문제로부터 사고가 시작되었다. 현실적으로 합리적이어야 하는 산업조직에서, 혹은 외형적 근대조직체에서 전통적인 요소들이 약화되는 것이 아니라 강화 존속되는 문제에 대하여 그냥 '과도기적 현상'이라고 설명하기는 곤욕스러운 것이었다.

이러한 딜레마를 해설하는 단서를 준 것이 70년대 말과 80년대 초기에 도입된 '생산양식'과 한 사회구성에서도 '생산양식들간의 결합'이 가능하다는 이론이었다. 즉 자본이 잉여노동을 추출하고 잉여가치를 더 생산하기 위해서는 비 혹은 전(前) 합리성을 아주 교묘하게 채택하고 이를 강도높게 이용한다는 것이다. 이로써 근대화론에서 제거시켜야 한다고 강조된 연고관계, 이것이 우리 역사 문화에서는 가족주의에 근간을 두고 있는 혈연, 지연 그리고 나중에 이 성격으로 전환한 '학연'이 경제발전계획에 의하여 성장하고 있는 대기업구

조에 자리잡고 있었던 것이다. 이 연고관계는 기업에서 자본의 효율
성 제고에, 즉 노동자를 전통적 연고관계로 통제하는 체제로 발전하
였다. 이것이 정치적으로 병폐가 된 '지역주의'로 전화 발전되었다.

이 연고주의를 해결하는 문제를 인식하기 위해서는 다른 사회적
관계의 설정을 인식해야 했다. 여기에 우리가 80년대 초반에 '계급'
이라는 개념을 채택하게 되는 배경이 있다. 한국사회는 국가 전체
수준에서 자본주의가 군사독재체제와 더불어 발전하여 내부적으로
계급분화가 격심하게 진행되고 정치적 갈등이 성장하고 있는데, 이
의 분출을 억제하는 방식으로 연고주의적 통제방식과 군사주의와
국가보안법을 이용한 반공이데올로기가 서로 융합하여 사회 전반에
걸쳐 억압구조를 만들어 내었다. 연고주의, 연줄망의 결속적 힘이 계
급구조 전반을 횡단하여 지배하였다. 노동자 민중의 삶을 제고하고
민주화를 진행하자면 이 세 가지 억압축을 전복시키는 인식방법과
운동방향을 추구해야 했다. 우선은 계급의식이 사회 전반에 횡단해
서 보편화되어야 한다고 보았다. (이것은 강단이나 학계에서만의 이
론적 투쟁이 아니라 사회 전반에 걸쳐서 지식을 규정하는 이데올로
기 투쟁을 수반하는 것이기도 하다.)

우리는 80년대 운동을 이러한 맥락에서 '변혁'을 지향한 것이라고
평가할 수 있다. 85년 대우자동차 노조의 파업이 준 충격, 그리고 87
년 노동자대투쟁은 단지 노동운동 영역에서의 것처럼 보였지만 사
회 전반의 전체주의적 억압구조를 균열내는 것이었다. 전노협은 87

년 이후 연고주의와 반공이데올로기 통제방식을 전복시키고 나온 노동자 계급의 전국적 출현이었다. 이제 한국에서 경제영역에서 연고주의의 전통적 관계에 의한 통제방식은 계급적 출현으로 나타난 자주적 노동조합에 의하여 거의 효력을 다하고 있다. 그리고 정치영역에서도 그 효력의 수명이 다했음을 보여주고 있다.

나는 민중과 계급 개념을 지금도 폐기시키지 않고 있다. 아직 자본주의는 전지구적으로 획일화되고 있고 불안정 노동이 확산되고 있으며 남북통일의 과제에 있어서 이 개념들이 유효하다고 생각하기 때문이다.

30여 년에 걸친 인식의 변화문제와 개념의 생성과 채택문제들을 학문 내적 논리와 사회적 정세와의 관계에서 설명하였다. 학문하는 사람은 자기가 보고 있는 지식과 이론이 기층 민중의 삶에 어떤 효과를 주는가를 가늠해야 한다고 본다. 그가 한번 채택하는 개념과 이론에 대해서는 이 맥락에서 책임을 져야 하는 윤리가 있어야 한다. 기층 민중의 삶에 인간적 존엄성을 훼손하고 오직 상품으로서만 혹은 생명을 위협하는 권력의 대상자로서만 강요하는 이데올로기적 효과를 갖는지에 대해 학자가 직면하는 이론과 개념에 대해 진지해야 하고 책임을 져야 한다고 강조하였다. 이런 문제의식 때문에 그리고 이를 함께 인식하는 사람들이 출현함으로써 산업사회연구회를 한 축으로 하는 학회운동과 민교협, 사회진보연대 및 진보네트워크 센터로 연결되는 사회운동이 자본과 노동을 두고 유기적 구성으로 될 수 있도록 노력할 수 있었다.

이러한 인식의 흐름에 관하여 기회가 있으면 정리해 보고자 한다. 참석자의 질문에 답하면서 이렇게도 말하였다. 앞으로 여성과 어린이를 중심에 놓지 않은 개념이나 이론은 그것이 아무리 완성도가 높더라도 반쪽에도 미치지 못할 것이다.

이렇게 마지막 강의를 했다 해서 35년간의 행적이 모두 용납되는 것은 아닐 것이다. 후학들과 젊은 활동가들이 그냥 두지 않을 것이다. 아마도 밟고 지나갈 것이다.

이제 극소전자기술은 모든 자료를 잘 구축해 주고 있고 인터넷은 소통망을 넓게 만들어 주고 있다. 나의 모든 자료가 한 곳에 구축되도록 해서 '밟고 지나가는 길'에 뿌려지도록 해야겠다고 돌아오는 길에서 생각한다.

《 불나비

깍쟁이의 과찬

2003년 3월 4일 — 2003년 9월 24일

깍쟁이의 과찬

2003년 3월 4일 — 2003년 9월 24일

칭찬하게 되면 자연히 상대의 현실적 상황과는 동떨어지게 '과찬'하게 되는데 이것이 너무 쑥스럽다는 것이고, 반면에 자기에게 칭찬하는 것조차 '과찬'이기 십상이기 때문에 듣기조차 쑥스러워서 자기를 위한 잔치를 피해 왔다고 한다. 그런 그가 근래에 와서 남을 칭찬을 하는 습관을 기르고 있고 곧잘 하게 되었다고 한다. 생각해 보건대 그 과찬은 결국 사람들이 도달하고자 하는 어떤 이상에 맞닿은 것이고 이 이상은 신학적으로 보면 '하느님의 진실'에 맞닿아 있다고 인식하였기 때문이라는 것이다. 이 대목이 참 인상 깊었다. 물론 나는 무종교이다. 나도 원래 칭찬을 아끼었고 나에 대한 칭찬도 쑥스러워 하곤 했다. 어느 때부터 모임에 가서 인사말을 해야 하고 격려의 말을 해야 하고 칭찬의 말을 해야 할 경우가 많아졌다. 그래서 '과찬'을 하지 않을 수 없었다. 그래서 '과찬'에 대하여 생각해 보기조차 하였다. 진정한 사회운동을 함께 하는 사람들은 공동의 희망이 있게 마련이다. 칭찬하는 말에서 우리 함께 하는 사람들의 공동 희망을 그렇게 말함으로써 서로 위로하고 격려하고 용기를 북돋우면서 힘내어 나아갈 수 있다. 결국 희망을 그렇게 말하는 것이다.

―「각쟁이의 과찬」에서

어릴 적 친구에게 보낸 옛 편지

2003년 03월 04일 10시 25분 20초

오늘 아침이 너무 화창한데 포항에 사는 어릴 적 친구가 전화를 해서 안부를 묻는다. 날짜가 2003년 3월 3일이니 그 3자가 세 번 들어가는 날이 평생에 한번밖에 없을 것을 생각하니 문득 아침에 전화를 해 준 친구의 아버지 생각이 들었다. 그 친구의 아버지가 1995년에 돌아가셨는데 문상도 하지 못하고 연말이 되어서 그 친구에게 편지를 보내어서 불민했던 나를 용서하기를 청했다. 이번 칼럼은 그 편지를 소개하고자 한다.

서 형에게.

이제 연말이 가까워 오고, 지난 일년을 되새겨 보면서, 이렇게 글을 씁니다, 일천구백구십오년!

서형에게는 아버지를 잃은 해이기도 합니다. 그때 빨리 가서 문상을 하고 싶었고, 또 그래야만 도리인 것이었는데, 마침 사정이 그렇지 못하고 이렇게 지체해 버렸습니다. 실로 돌아가신 그 어른을 생각하자면, 비록 중간에 뵙지도 연관되지도 않은 세월이었지만, 생각케 하는, 회상케 하는 부분이 참 많습니다, 그러한 이야기가 우리에게는 한번쯤 필요하고, 그러한 이야기가 다음 세대에게도 지난 사람들의 역사로서 보아져야 한다고 생각됩니다. 이렇게 늦게나마, 그 분에 대해 회상하게 되는 점을 양해해 주시길 바랍니다.

1950년 여름에는 6.25전쟁이라는 참혹한 역사가 있었습니다. 우리 나이 이제 열 네살쯤, 국민학교 졸업하고 4월에 개강하는 신학기에 나는 진주사범 병설 중학교에 입학을 하였지요. 지금 가보면 그렇게 멀지 않은 거리, 봉래동에서 신안동 학교 가기가 국민학교 때는 너무 멀었지만. 다시 중학교도 그 곳으로 진학하여, 몇 달 되지도 않았는데, 전쟁이 터지고 전선이 결국 진주까지 내려와서 눈 깜빡하는 사이에 진주를 지나쳐 버리고 말았습니다. 우리 선친께서는 전선만 피하면 곧 이 전쟁이 끝나리라고 판단을 하셨던가 봅니다. 전쟁이 나니 남에게 진 빚이 있으면 그것을 빨리 청산해 주는 것이 도리라고 생각하시고, 그렇게 청산하고 나니 손안에 넉넉한 돈도 지니지 못하셨다고 합니다. 그때 선친은 할아버지, 할머니, 그리고 지금 살아 계시는 어머니, 아들 둘, 딸 셋 식구를 거느리고 피난길을 나서셨습니다. 할아버지는 옛 유학자로 갓 쓰고 두루마기 입으시고, 말기로 타락한 이 세상의 생활과는 거의 절연을 해서, 그렇지만 자기만의 독서와 철저한 건강관리를 하고 있었을 뿐이었습니다. 할머니는 건강이 좋지 않았습니다. 천식에 시달리고, 자주 학질에 걸리곤 하셨습니다. 혼자서 걸어다닐 수 없으셨고 남의 부축을 받아야 했습니다. 아버지는 우선 시내를 떠나서 시 외곽에 자리잡고 있다가 전선이 지나가면 곧 집으로 돌아올 계획을 하였습니다. 우선 도동으로 가기로 했습니다. 도동에는 재종 형 한 분이 도동국민학교에 근무하고 계셨는데 그 형도 아마도 아버지와 같은 생각을 하고 있었던 것 같습니다. 우선 그 곳으로 나가기로 하였습니다. 간단히 먹을 음식과 이부자리 장만해서 온 가족이 그 곳으로 나가게 되었습니다.

진주시내에서 도동으로 나가자면 남강과 맞붙어 나가는 '뒤비리' 길이 있습니다. 그 길을 따라가야지요. '뒤비리'는 강 따라 지나가는 산 벼랑이 곧장 바위를 굴러 내릴 듯한 형상을 하고 있습니다. 겨우 마차 하나 지나 갈 듯한 길 폭인데, 우리 가족이 그 곳을 지나갈 때 시내에서 피난 나가는 사람으로 길이 꽉 메워져 있었습니다.

그 곳에서 국민학교 6학년 담임하던 선생(정 선생)이 돗자리 하나 메고 피난하는 모습도 보았습니다. 그때 참으로 딱한 것은 아버지가 건강치 않으신 할머니를 자전거에 태워 끌고 가야 하는 것이었습니다. 나는 어린 동생들을 보살펴야 했습니다. 우리는 삼촌이 없습니다. 겨우 고모 한 분이 창원에 살고 계셨습니다. 우리 선조들이 살던 고향은 창원군 동면 석산리. 창원을 지나면 덕산이 있습니다. 덕산에서 북쪽으로 십여리 가면 석산리입니다. 일제 때 만든 큰 저수지가 세 개 연결되어 있는데, '주남저수지'라고 해서 겨울 철새들이 날아오는 곳이지요. 이 쪽에서 보면 동남쪽 저쪽에 진영이 있습니다. 아버지는 그 고향으로 갈 생각을 하지 않았던 것입니다. 그 도동 나가는 길!

거기서 서형의 아버지, 그 어른이 단란하게 피난 보따리 장만하시고, 그 때 '머슴'이 있었습니다. 그 머슴에게 지게를 지워 짐을 지고, 도동으로 나가서 곧장 그 어른의 고향인 김해로 갈 참이었습니다. 그 어른이 우리 일행과 마주치게 되었습니다, 아마도 서형 남매 그리고 어머니는 먼저 김해로 떠나보낸 것으로 기억됩니다.

서형 어른과 우리 아버지와는 절친하게 친했던 분이었지요. 그 어른이 아버지가 할머니를 자전거에 모시고 나가는 형국을 보고 그냥 지나치기 어려웠던 것이었습니다. 같이 자전거를 몰고 가게 되었습니다. 그렇게 해서 도동에 도착하게 되었습니다. 행보는 느리고 그 날 그 어른은 더 나가지 못 하셨을 것입니다. 도동, 어디쯤에서 서성거리고 있었던 것입니다. 차마 우리 집 식구를 그냥 두고 훌훌 떠나지 못 했던 것입니다.

그 다음 날인지 한낮에 미군 비행기 하나가 그 곳을 힝힝 날더니 기총소사를 했습니다. 특히 도동 국민학교를 향해 기총소사를 했지요. 그 곳에는 진주시내에서 피난 나온 많은 사람들이 임시로 거처를 정하고 있었습니다. 전투기를 본 것도, 기총소사를 하는 소리도 처음 보고 듣고 하는 것인데, 너무 놀라고 기겁을 하게 되었습니다. 결국 아버지는 그 도동에 머물 수 없다고 판단하시고 동쪽을 향해 정처 없이 떠나게 되었습니다. 우리 재종형도 가족을 거느리고 (그분은 딸 아이들이 졸망졸망 셋인가 되었습니다) 삼십여리 어느 동네에 가서 또 국민학교 교사에 임시 거처를 하게 되었습니다.

아마 서형 어른은 고향을 향해 떠나셨던가 봅니다. 우리가 거처를 정한 곳에서도 미군기의 기총소사를 받아 사람들이 상한 일이 생겼습니다. 그 때 아버지 사무실 근처에 있던 의사가 치료를 하는 광경도 보았습니다. 우리는 또 다시 떠났습니다. 이제는 마산을 향하는 방향이 아니라 뒤돌아서 진주의 북부, 진양군 미천면이라는 곳으로 그냥 흘러 들어갔습니다. 수소문해 본 결과 진주에 출입이 있던 어(魚)씨 분을 만나 그 곳 사랑방을 얻어 들어가서 할머니를 조리할 수 있게 되었습니다. 나중에는 그 동네에서 한 산등성이를 넘어서 몇 달 동안 피난하였습니다.

서형 아버지, 그 어른은 그만 김해로 피난 가는 길이 우리 가족 때문에 지체되는 사이에 전선이 먼저 마산 쪽으로 내려갔기 때문에 막혀 버렸습니다. 나중에 아버지가 진주에 가서 집에서 멸치젓 같은 음식과 쌀을 구해 오곤 하셨는데 그 때 그 어른과 연결이 되었습니다. 그 어른은 결국 고향으로 피난을 가지 못하고 되돌아 진주로 오셔서 신안동에서 지내시면서, 가족과는 생사를 알 수 없이 두절된 채 농사를 지으시면서 전쟁을 견디어 내셨습니다. 아버지가 그 곳에 가시면 할아버지, 할머니 자시라고 간고등어, 간조기 같은 것을 보내 주시곤 하였습니다. 아버지로 보면 그 어른이 마치 형제와 같았습니다. 그 어려운 몇 달 동안 가장 큰 힘이 되어 주시고 위안이 되어 주신 분이 그 어른이었습니다.

전선이 다시 올라가고 우리는 추석 전후해서 진주로 돌아왔습니다. 먹을 것도, 생계를 꾸려 갈 아무 근거도 없었지요. 진주 시내는 완전히 폭격으로 잿더미로 변해 있었습니다. 다행히 봉래동 집은 파괴를 면할 수 있어서 거처를 쉽게 정하였습니다. 인민군 점령기간 아직도 연세가 젊었던 두 분이 여러 가지로 어려웠던 것은 당연하였지요. 동네에서 사람들이 차출되어 보급물 나르는 데 동원되곤 했는데, 마침 그 동네 사람들의 인심이 좋아 위기를 면한 경우가 많았습니다. 진주에 계셨던 그 어른은 그 고충이 더 심했으리라고 여겨집니다. 아직 나도 어려 철이 없던 시절이었지만, 그 어른이 당시에 보여주셨던 그 모습은 지금까지도 깊이 남아 있습니다. 그리고 두 분의 정은 참으로 귀중하고 희소한 것으로 가슴 깊이 감탄하고 있습니다.

1973년 6월에 아버지는 고혈압으로 쓰러져서 진주도립병원에 입원하셨고, 그리고 한번도 의식을 차리시지 못하고 보름만에 세상을 떠났습니다. 그 때 아버지 연세 쉰 아홉. 병원에 입원해 계실 때 진주와 부산 여러 친지와 친척이 문병하러 오셨습니다. 그리고 쾌유를 빌었지만, 아쉬움만 많이 남기시고 떠났습니다. 그리고 창원군 동면 석산리, 저수지를 내려다보는 선영에 장례를 치를 때, 간신히 연락을 받으신 그 어른이 참례하시고, 그 산등어리에 하염없이 앉아 계시던 모습이 지금도 눈에 선하게 들어옵니다. 그 어른이 곧 진주를 떠나시고는 그 때까지 뵙지를 못하였지요. 나를 보시고 그래도 그 만치라도 자라고 직업도 안정되게 가지고 있는 것을 들으시고는 약간 마음이 놓이시는지 위로를 해 주셨습니다. 그 뒤 나는 그 어른을 다시 한번 뵙지 못 했습니다. 언제나 마음속에 '6.25' 때의 그 어른이 남아 있었습니다.

진주 봉래동 살 때 (우리가 봉래동에서 중안동으로 52년쯤 이사를 했지요) 내가 국민학교 다닐 때 수도(水道)사정이 좋지 않아서 봉래동 일대는 아직 집집에 수도가 들어가 있지 않고 공동수도가 한두 개 있었지만 수요를 채울 수가 없었습니다. 서형이 살던 곳, 진주중학 앞에는 수돗물이 아침과 오후 콸콸 잘 나오는 공동 수도가 하나 있었습니다. 그 수도를 박씨네가 맡아 있었습니다. 그 수도에서 몇 발자국 지나면 서형 집이 있었고, 수돗물이 나오지 않으면 그 골목으로 더 내려가서 깊은 우물에서 물을 길어야 했습니다. 하루에 내가 한 두 번 물지게 지고 물을 길었습니다. 가끔 서형 어머니를 뵐 수 있었고 참으로 친절하게 대해주시곤 했지요. 기억으로 훤출하시고 훤하게 예쁘신 분이었을 거예요. 그리고 예쁜 여동생이 엄마 따라 나오곤 했지요. 어릴 때의 기억이 아름답게 새겨져 있고, 또 나중에 6.25 때 그 어른이 보여주신 모습이 '우정'에 관한 테마를 항상 나에게 던져 주곤 했습니다.

우리가 대학시절 간간이 만났고, 서형이 포항으로 간 후, 어떻게 나중에 다른 친구와 연락이 되어서 간간이 소식을 듣고 있었는데, 어머니 돌아가신 이야기는 나중에 들었고, 그 어른 돌아가신 소식은 곧장 받고도 이러한 긴긴 사연 때문에 곧 문상을 가고 장례에도 참여해야 된다는 생각만 하다가 한 해를 지나게 되었습니다.

언제나 고인의 명복을 빌고 있습니다. 서형은 나의 불민함을 용서해 주시길 바랍니다. 여러 친구로부터 서형 소식을 듣고 훌륭하게 쌓여진 인품이 전해 오는 것에 감사함을 느낍니다. 비록 내가 불민해서 서형과의 돈독한 관계를 이루지 못하고 두분 어른의 우의처럼

다지지는 못했습니다만 항상 우리 아버지를 회상하면 따라 떠오르
는 그 어른을 새겨 놓고 있습니다.

　세월이 제법 흘러서 나도 이미 아버지 세상 떠나시던 나이를 지나
고 있습니다만 어른들에 대한 그리움은 더 짙어갑니다. 우리 자식들
이 보일 때마다 그 어른들은 우리를 어떻게 보셨을까 하는 마음이
생깁니다

　난필을 양해해 주십시오. 이렇게 글로 써서 어른 분을 회상하고
옛날을 기록하는 뜻도 있습니다.

　새해에는 소망대로 뜻을 이루시고 건강하시고, 온 가족 편안하시
길 기원합니다.

1996년 12월 6일

불
나
비
처
럼

상송과 기소중지

2003년 03월 31일 11시 49분 35초

1

우리나라 나이든 분들도 젊은 날 때부터 에디뜨 피아프의 상송 '장밋빛 인생'이나 이브 몽탕의 '고엽'을 귀에 익히 들었을 것이다. 피아프가 63년 10월에 세상을 떠났어도 그녀의 노래 '장밋빛 인생'은 지금도 감미롭게 들리고 있고, 이브 몽탕도 세상을 떠난 지 10년이 넘었지만 우리나라 그 아름다운 가을에 '고엽'이 마음을 꽤나 쓸쓸하게 만들기도 하였다.

근래 어느 출판사에서 '상송'을 소개하는 책을 간행하였다. 마침 출판사의 발행인이 나에게 그 책을 보내 주면서 편지를 띄웠는데, '지금 미국이 이라크를 침략하여 전쟁이 일어나 세상이 뒤숭숭하고 반전 평화 운동이 치열하게 전개되는 이 즈음에 상송 책을 출간하게 되니 마음이 심란하다'고 토로했다.

'그가 나를 품에 안고 나직이 속삭일 때 인생은 장밋빛이 되지요.'
그 사랑의 절정에 이른 젊은 연인 남녀나 어머니 품에 안긴 어린 딸
과 아들, 장밋빛으로 세상을 보게 되는 그런 사람들에게 크루즈 미
사일은 센서의 질투심인 듯 덮치고 피로 장밋빛을 뿜어내게 하는 사
태가 지금 이라크에서 벌어지고 있는 것이다.

2

상송을 이야기로 꺼내면서 전쟁을 본격적으로 다루고자 하는 바
는 아니다. 물론 나는 3월 29일 오후 종묘 민중대회 집회에 참가하고
광화문까지 행진하면서 반전 평화를 외치고 한국군 파병을 반대하
기도 하였지만, 오늘의 이야기는 옛 사건을 '상송' 책 발행인을 매개
로 해서 꺼내고자 할 뿐이다.

저의 앞 칼럼을 혹 보신 분들은 저가 마지막 강의도 하고 정년퇴
임식도 하여 교직을 떠나게 된 사실을 알 것이다. 오늘의 이야기는
여기에 얽혀 있는 사건에 관한 것이다. 이제 나는 연금을 받아서 생
계를 꾸리게 되었다. 연금관리공단 담당직원이 전화를 해서 나의 연
금지급을 위한 조치를 하고 있는데 1990년 10월에 이 사람을 경찰에
서 고소한 사건이 기록되어 있어서 그 결말이 어떻게 되었는지를 확
인하고자 하였다. 1990년이라!! 벌써 참 아득한 것이었다. 그래서 물
었다. 그 사건이 어떤 것이죠? "사설학원법 위반사건이라는 겁니다.
그런데 저희가 인터넷으로 조회를 해 보아도 검찰에서 어떻게 처리

187

했는지 나와 있질 않습니다. 그런데 공단 저희들이 조회를 공식적으로 요청하고 결과를 통보받는 데 두 달은 걸리니, 수고스럽지만 선생님이 인근 지방검찰청 민원실에 가서 그 사건의 결과 증명서를 발부 받아 팩스로 보내주시면 좋겠습니다." 이렇게 말하는 것이다. 그래서 그 사설학원법 위반사건을 기억에서 찾아보았더니 내가 '청년학교' 교장을 맡았던 사실이 나왔다.

3

80년대 후반 반독재 민주화운동과 민족통일운동이 치열하게 전개되었다. 여러 운동단체나 혹은 독자적으로 공식적인 학교 교육에서는 잘 다루지 않은 민주화운동이나 민족통일운동에 관련하여 젊은 이들을 상대로 해서 교육하는 기구를 여러 가지로 설치하였다. 당시 청년학교도 그러한 배경에서 설치되었고 '민족학교'도 있었고 기타 여러 교육프로그램을 운영하는 단체가 생겼다. 군사 정권 당국은 이를 불온하다고 판단한 모양이었다. 그리하여 관할 경찰서에서 이 학교 교장을 '사설학원법' 위반으로 검찰에 고소하였다. 이를 두고 탄압이라고 저항하게 되었다. 옥신각신한 끝에 검찰에 가서 조사에 응하고 이로써 사건은 일단락된 것으로 생각하였다. 그 이후 아무런 일이 없었기 때문이다.

당시 청년학교는 교장인 나와 이 학교를 후원 관장한다고 지목된 청년협의회 이범영씨가 출두 요청을 받았다. 이범영 씨는 반독재 민주화운동에 복무하다가 감옥에 가서 나오고 난 뒤 이 청년학교에 출입을 자주 하였다. 내가 먼저 검찰에 다녀 온 후에 그를 권고해서 일단락 지우자고 했다. 이범영씨는 결국 나중에 건강이 좋지 않아서 한 많게 세상을 떠났다.*

이 청년학교를 설립하여 적극적으로 운영을 관장하고자 한 단체가 당시 민주청년운동협의회와 같은 조직이었다. 지금 50대 초반 연령에 이른 당시 열혈 청년운동가들이 이 학교를 만들고 간사활동가들이 실무를 맡아 하도록 하였다. 그 단체에서 한 사람이 나와서 운영을 책임지고 관장하였다. 나는 그 운동가들의 요청으로 교장을 맡았다. 이사장은 신경림씨가 맡았다. 한 기의 강의 수업은 2-3개월을 단위로 하였다. 광고를 내고 알음알음으로 수강생들이 참여하였다. 민족에 대해, 노동운동에 대해 여러 가지 공부를 하게 하는 것이었다. 수강생들은 20대 전반의 젊은이들이었고 아직 확실한 직업을 가지지는 못하였지만 출신배경은 다양하였다. 이들의 모임 자체는 서로 좋은 효과를 미치고 있었다. 사람 사귀기조차 겁나는 세상에서 이렇게 진솔하게 모인 젊은이들은 그들의 감성을 다양하고 건실하게 조화시키고 현실과 이상, 그리고 역사와 개인적 삶에 대한 진지한 사고와 도덕의식을 다듬는 그런 전환의 효과를 주기도 하였다.

그런데 시간이 지남에 따라 학교 운영의 책임이 차츰 실무간사들

불
나
비
처
럼

에게 넘겨지고 있었다. 처음 나왔던 운영책임자는 다른 중요한 일을
한다면서 떠났다. 재정이나 실무 간사의 동원, 수강생 모집과 수업
및 사후 관리조차 모두 넘겨지고 있었고 실무간사들도 교체가 심하
였다. 결국 7기를 마치고 문을 닫게 되었다. 마지막 일을 맡았던 간
사들의 그 심사가 내 가슴에도 전달되어 심기를 불편하게 하였다.
출발점의 '책임'은 마지막에는 잘 보이지 않는다. 외부 탄압보다 내
부에서 추스리지 못한 것이 더 큰 원인이라고 진단할 밖에 없었다.

앞에서 말한 '상송' 책의 발행인은 그 청년학교 출신이다. 그는 도
서출판의 꿈을 가지고 있었다. 다른 작은 사업도 해 보았지만 남의
주머니를 두고 경쟁적으로 하는 사업을 그만두었다. 출판사업이라
하여 어려움이 없는 것은 아니지만 우선 자기 생각을 실현하는 기회
가 더 많다는 데 장점을 인식하는 것이었다. 그 청년학교가 차츰 운
영에 어려움을 겪어나가는 과정에 학생과 교장의 관계는 밀접해졌
다. 몇 쌍의 결혼에 주례를 맡아 해 주기도 하였다. 졸업식에서는 교
장에게 꽃다발로 감사의 뜻을 표하기도 하였다. 간혹 집회에서 만나
면 반갑게 서로 걱정도 하고 격려도 하곤 했다. 학교가 문을 내리고
난 뒤 학생들은 동창모임을 하는데 가끔 교장을 초청하기도 하였다.

5

나는 가까운 검찰지청을 찾아가서 민원실에서 증명서를 받아보니
'기소중지'라고 적혀 나왔다. 이를 연금공단 담당자에게 보냈더니 '불

기소처분'도 아니고 '기소중지'이니 사건이 종결되지 않은 것이라고 한다. 그러면서 주문하기를 '당시 관할 검찰지청'에 가서 '사건 공소시효완성증명서'를 발부받아서 보내 달라는 것이다. 그래서 관할 검찰지청 민원실에 가서 요청했더니 불기소담당 직원이 보고는 공소시효는 약 2년 정도이니 벌써 끝난 것이지만 검사의 결재를 받아야 한다면서 한참만에 평생 처음 들어보는 바 공소시효'완성'증명을 발부해 주었다. 이를 연금공단에 보냈더니 또 한 가지 도움말을 해준다. 경찰청 과학수사과에 이 증명서를 보내서 이 사건을 깔끔히 정돈하라는 것이다. 이것을 해 두지 않으면 또 다시 이런 일을 반복해야 할 것이라는 것이다.

'기소중지'!! 인터넷시대에도 그것이 잘 정돈되지 않는 모양이다. 당시 검사는 이런 사건을 그냥 '기소중지'라는 딱지를 줌으로써 평생을 따라 다니게 하는 것인지 모를 일이다. 이런 일을 겪고서야 겨우 지급일에 연금을 은행통장을 통해 지급 받을 수 있었다.

<< 불나비

* "그해 여름도 무더웠다. 1994년 여름, 최고 기온을 연일 경신하는 기록적인 폭염이 쏟아졌다. 그해 한반도의 하늘에는 유난히 많은 별이 떨어졌다. 1월에는 통일운동의 큰 별 문익환 목사가 세상을 떴고, 2월에는 노동과 대지를 노래했던 김남주 시인이 눈을 감았다. 그리고 8월12일 폭염 속에서 청년운동의 버팀목 이범영 의장이 타계했다. 그리고 10년이 흘렀다. …… 그의 청년 시절은 운동으로 채워졌다. 83년 김근태, 장영달 의원 등

과 함께 민주화운동청년연합(민청련) 결성을 주도했다. 민청련 정책실을 책임지며 87년 6월항쟁을 이끌었다. 1992년 한국민주청년단체협의회(한청협) 초대 의장을 지냈고 1998년 민청련 의장이 됐다. 그는 민청련, 한청협으로 이어지는 80년대 청년운동의 살아 있는 역사였다. 민주화 이후에는 통일운동에 헌신하다 또다시 구속됐다. 독재정권과 분단 체제에 온몸으로 맞서 싸우던 이범영 의장은 94년 암투병 끝에 숨을 거두었다. 그의 나이 마흔이었다"(신윤동욱, '이범영: 청년운동의 살아 있는 역사', 『한겨레21』 2004년 8월 26일). 그도 마석모란공원에서 영면하고 있다.

새우젓과 동백아가씨

2003년 04월 27일 12시 01분 27초

1

며칠 전 텔레비전 아침 방송에 이미자씨가 나와서 그녀의 깔끔한 삶을 이야기하는 소리를 들었다. 이미자의 '동백아가씨' 노래가 유행한 것이 벌써 40여 년 전이었다. 60년대 초반이었다. 옛날 생각이 나지 않을 수 없었다.

2

경상남도 사람들은 멸치젓에 익숙하다. 내가 어릴 적 우리 집에서는 멸치 철이 되면 멸치 몇 상자를 사다가 젓을 담갔다. 그 날 멸치를 석쇠에 얹어서 소금을 뿌려서 구워 먹기도 하고 배추 된장국에 멸치를 넣어 국을 끓여 먹기도 하였다. 멸치젓을 한 독 담아서 일년 내내 밑반찬으로 하기도 하고 겨울 김장 담글 때 넣기도 한다. 1950

년 6.25전쟁이 일어나자 전선이 진주로 내려와서 우리 가족은 진주 인근 농촌에서 4개월 피난한 일이 있었다. 간혹 진주 본가에 가서 멸치젓을 가져다가 호박잎에 보리밥 싸서 멸치젓을 얹어서 먹으면 그 맛이 꿀맛 같았다.(미국의 침략을 받고 고통받고 있는 이라크 국민에게 *꿀맛 같을 생필품을 보내자!!)

고등학교를 졸업하고 서울에 와 살면서 차츰 멸치젓은 멀어지고 새우젓을 자주 대하게 되었다. 하숙집 밑반찬이나 음식 조리 간할 때 새우젓을 넣기도 하였다. 1961년 5.16군사쿠데타가 나서 박정권이 들어서고 난 뒤 1962년경 식량난이 닥쳤다. 나는 당시 대학로에서 하숙을 하고 있었다. 그 하숙집에는 하숙생이 10여명이 넘었다. 하숙집 할머니가 여름 더위를 먹어가면서 하루 종일 쌀을 구하러 다녔다. 어떤 날은 저녁밥이 늦어지는 경우도 있었다. 쌀값이 비싸지니 자연히 반찬을 제대로 갖추어 낼 수가 없었다. 4인분 한 상에 두부찌개 한 사발과 짠지 무 냉국을 내어놓기 일쑤였다. 두부찌개 밑바닥에 새우젓이 한 움큼 깔려 있는데 그 맛이 소태같았다. 무 냉국도 마찬가지였다. 이 때 새우젓에 정나미가 떨어졌다.

나중에 살림도 하고 세월이 흘러서 노량진 수산시장에 갔을 때 드럼통에 여러 가지 새우젓이 쌓여 있는데 그 빛이 참으로 찬란하였다. 그 빛깔에 매혹되어 차츰 새우젓을 좋아하게 되고 여름철 깍두기나 김치를 담글 때 새우젓을 넣어서 깔끔하고 시원하게 맛을 내기도 하였다.

3

60년대 초반 식량난이 자주 발생하였다. 박정권은 이 식량난을 두 가지 방책으로 해결하고자 하였다. 하나는 쌀 대신 밀가루 음식을 보급하는 일이었다. 국내 밀 생산은 이미 거덜난 지 오래되었다. 미국의 밀가루를 도입해 쌀 대신 밀가루가 영양가도 우수하다는 미국 예찬론자들의 선전을 앞세워 보급하기 시작하였다. 초등학교 점심 도시락도 밀가루 음식을 해 오도록 하고 교사들이 채찍을 들고 도시락 검사도 하였다. 이리하여 지금 한국에는 한줌밖에 되지도 않은 우리 밀은 눈에 뜨이지도 않고 오직 미국 밀가루가 쌀 주식을 압도하여 빵과 라면, 국수, 칼국수 할 것 없이 밀가루 음식을 대중화시켜 놓았다.

다른 하나는 수확량이 많은 통일벼를 심도록 하였다. 이 통일벼는 재래종에 비하여 수확량은 많았지만 쌀이 찰지지 않아서 한국사람 입맛에 맞질 않아서 농부들이 통일벼를 심으려고 하지 않았다. 공무원들이 들판을 돌면서 독려하여 농부들과 마찰이 빚어지기도 하였다.

이외에도 통일벼는 몇 가지 문제를 해결해야 했다. 첫째, 통일벼의 쌀밥은 식은 밥으로 먹기가 마땅치 않았다. 둘째는 통일벼로는 초가 지붕을 이을 수가 없었다. 볏삭이 힘이 없었다. 이 조건을 해결하기 위해 박정권은 추가로 두 가지 사업을 추진하였다. 하나는 보온밥통을 보급하는 일이었다. 나중에는 전기밥통이 뒤따라 보급되었다. 이를 위해서 전국 농촌 마을에 전기를 보급해야 했다. 그리고 마을마다 앰프를 설치해서 아침 6시가 되면 '새마을 노래'를 틀었다. 한편 초가지붕을 헐고 슬레이트 지붕으로 대체하는 사업이 강제적으로 진행되었다. 몇 년만에 전국 농촌마을에는 초가지붕이 사라졌다. 회색지붕이 획일적으로 동네마다 들어서게 되었다. 회색이 보기 싫었던지 다음에는 페인트 칠을 하게 하였다. 이리하여 우리나라 전래적 주택가옥은 슬레이트 지붕가옥으로, 나중에는 시멘트로 칠갑을 한 가옥으로 변해가기 시작하였다. 농촌의 새마을운동은 차츰 도시에 근거하고 있는 대기업의 이윤을 확보해 주는 방향으로 진행되기 시작하였다. 이 과정에서 저곡가 정책으로 농촌인구가 도시로 정처 없이 떠났다. 이들이 도시의 저임금 풀 지대를 형성하였다.

4

이 무렵이 60년대 초반이었다. 그리고 이미자의 '동백아가씨'가 유행하기 시작하였다. 1964년 가을쯤이었다. 나는 봄에 결혼을 하여 동선동 산등성이 달동네에 살았다.* 높은 곳인데도 친구들이 몰려 왔었다. 어느 날 대학로의 '낭만적 자유주의자' 두 사람이 찾아와서 아래쪽 삼선교 시장 주막에 가서 술을 마셨다. 한 친구가 학교에 교사로 취직해서 월급을 받았다고 친구를 찾아 온 것이다. 한 친구가 그 날 따라 유난히 동백아가씨를 거듭 부르는 것이다.

당시 주막에서 술 거나하게 마시고 쇠젓가락을 두드려 장단 맞추고 노래를 곧잘 하였다. 노래 솜씨 있는 주모는 가끔 손님상에 와서 노래 한 자락 불러 주곤 하였다. 그 친구는 술이 거나하게 되면서,

헤일 수 없이 수많은 밤을
……
그리움에 지쳐서 울다 지쳐서
꽃잎은 빨갛게 멍이 들었소

'그리움에 지쳐서'를 거듭 거듭 소리지르면서 이 대목에 접어들면 쇠 젓가락을 상에 힘주어 두들기면서 부르곤 하였다. 50년대 대학생들은 아직 노래를 잘 부르지 못하였다. 더구나 나중에 대중가요라고 고상하게 이름지어진 '유행가'는 천박하다고 괄시하고 있었다. 그런데 60년대 초반이 지나면서 대학로에서도 소위 '유행가'를 알아야 한다는 풍조가 나타나기 시작하였다.

그리움에 지치다. 농촌을 떠나 도시로 간 총각들 가슴에, 그 총각들을 떠나보내고 나중에는 섬유공장이나 도시서비스업으로 흘러 들어간 처녀의 가슴에, 조금 시국적으로 말하자면 1960년 4월혁명에서 민주주의 꿈을 꾸기 시작했지만 군사쿠데타의 정치적 성격을 차츰 알아차리며 절망하는 젊은이들의 가슴에 '빨갛게 멍이' 들었나 보다. 80년대는 '시퍼렇게 쑥물 들어도'였는데, 60년 초는 아직 '빨갛게 멍이' 들었나 보다.

막걸리를 거나하게 마시고 노래는 계속되었다. 안주를 더 주문할
수도 없었다. 그러니 밑반찬으로 내어놓은 '새우젓'을 젓가락에 찍어
안주로 삼았다. 새우젓이 안주로 유일하게 남았다. 이 노래 덕분에
월급에서 술값 떼어온 친구의 주머니도 비었다. 나올 때 내 손목에
차여 있던 '부로바' 시계**를 주모에게 잡히고 나왔다.

5

새우젓을 맛있게 담그는 방법을 소개하고자 한다. 싱싱한 살아있
는 새우를 구한다. 약수터에 가서 맑은 물을 길어온다. 새우를 소쿠
리에 담아서 두어 번 헹군다. 물기가 쭉 빠지면 새우를 굵은 소금으
로 버무린다. 물에 굵은 소금을 탄다. 짭짤할 정도로 탄다. 그 물을
끓인다. 끓인 물을 아주 철저히 식힌다. 항아리에 새우를 꾹꾹 누르
면서 담는다. 그리고 식힌 물을 붓는다. 새우가 절박하게 잠길 정도
로 한다. 잘 봉한다. 그리고 시원한 곳에 4-6개월 둔다. 그러면 잘 숙
성된다. 색깔이 곱고 맛은 간결하고 깔끔하다.

자, 한 상을 차려보자. 제육을 밑간을 해서 삶아낸다. 새우젓에 버
무린 배추김치를 놓는다. 새우젓도 놓는다. 찹쌀이나 조 혹은 수수로
담근 동동주를 한 말 대령한다. 벗님네야! 와서 거나하게 마시고 취
해 보세나. 노래도 부르렴!!

<< 불나비

* 90년대 중반에 재개발되어 지금은 고층 아파트가 빽빽하게 들어선 곳이
  되었다.
** BULOVA. 70년대까지는 명품으로 꼽혔던 시계 브랜드. 결혼 예물시계를

  맡기셨던 것이다.

자율성과 대학생

2003년 05월 21일 14시 33분 18초

1

72년 유신이 있고 난 뒤 박정권은 대학생들의 자율적인 총학생회를 없애고 학도호국단을 설치하였다. 관악캠퍼스의 경우를 보면 학생들이 학도호국단 직임을 맡으려고 하지 않아서 학교 당국은 이를 구성하기 위해 애를 먹곤 하였다. 그런 세월이 한참 지난 뒤 80년대에 들어와 학생들은 군사독재체제를 타도하기 위해서 학교 안팎으로 나아가 활동을 하였다. 대공장이 생기고 농촌으로부터 도시로 온 노동자와 빈민을 조직하기 위해서 소위 '위장취업'을 하면서 노동운동을 일구고자 하였다. 학생운동에 관련된 학생은 발각되자마자 제적되었다.

전국의 학부모들이 온갖 정성을 들여서 자식을 대학에 보냈더니 어느 날 갑자기 수배되거나 구속되거나 하여 학교에서 쫓겨나곤 하였다. 전국의 부모들이 얼마나 속상했겠는가! 전두환 정권은 민심을 얻기 위해서 80년대 초반 대학생의 정원을 일률적으로 두 배로 늘리고 졸업정원제를 시행하였다. 두 배에 30%를 더 뽑아서 졸업하는 사이에 성적이 나쁜 학생을 축출한다는 취지였다. 그렇지만 대학에서 쫓겨나는 자식을 보고 부모들이 속상할 것은 말할 것도 없고 정권에서 민심이 이탈되기 십상이었다. 그리고 제적된 학생들이 공장으로 가서 모두 노동운동을 하는 예비군을 만들어내는 일도 그냥 둘 수 없었다. 그리하여 전두환 정권은 민심을 붙잡기 위해서 제적학생을 84년도에 일단 학교로 복귀할 수 있도록 조치하였다.

84년 복귀한 학생들과 일반 학생들은 학도호국단을 내팽개치기보다는 학생운동의 근거지로 만들기 시작하였다. 학도호국단을 접수하고 학도호국단 회비로 학생활동의 비용을 지출하기 시작하였다. 자율적으로 총학생회를 조직하고 규칙을 만들고 학과단위로 세세히 조직하기 시작하였다. 정부는 처음에 대학 자율적으로 교칙을 만들면 이를 승인하겠다고 하였으나 막상 총학생회가 조직되고 난 뒤에는 이 자율적 조직을 불법이라고 규정하였다. 이리하여 총학생회 회장이 되면 자동적으로 불법행위의 어떤 조항에 걸려서 수배되곤 하였다.

2

내가 기록한 메모에 85년의 상황이 보인다.

85년 12월 13일 기록 메모

이번 학기에 내가 맡은 강의 중 사회변동론 강의에 수강 신청한 학생 수는 315명이었다. 어제 보내온 성적표 명단에 이 315명이 기재되어 있다. 그런데 이 중에 정학(F) 3명, 휴학 77명으로 표시되어 있다.

이들 학생 중에는 미국문화원 진입사건*으로 구속 기소되어 있는 학생도 있고, 민정당 연수원 진입사건**으로 구속되어 있는 학생도 있다(물론 사회학과 학생만 확인된 것). 어쨌든 315명 수강신청자 중에서 그 1/4에 해당되는 80명이 중도에서 학업을 중단했다는 것은 주목될 사실이라고 여겨진다. 이 현상도 지난 일년간 또는 두 학기 동안 학생사회에서 일어나고 있는 일련의 변화가 반영된 것으로 보인다. 우리 학생들이 언제 그들의 잠재력을 일단 학교에서 안정되게 양육할 수 있도록 조건이 좋아질 것인지. 사회에 대하여, 역사에 대하여 그들이 직접 지고자 하는 멍에를 언제 조용히 내려놓고, 그들의 창조성을 더욱 키울 자양분을 듬뿍 먹을 것인지!

85년 12월 31일 메모

지난 사은회에서는 가슴이 아팠다. 50명 입학에 29명 졸업, 그리고 거기 참석한 학생은 19명, 구치소에 들어 가 있는 학생은 셋, 그 셋도 모두 학생들 자율적으로 선거해 뽑은 총학생회장 2명(1명은

보궐), 총여학생회장 등이다. 이번 학부 졸업반은 내가 해직 중에
있던 사이에 입학했고 내가 복직해서는 3-4학년 강의를 하지 않
았기 때문에, 강의실에서 만나는 인연은 없다. 그래서 학생들 얼굴
조차 모두 잘 모른다.

작년에 강의 도중 학생들에게 총학생회가 언제 생긴 것인지를 질
문하면 학생들은 먼 옛날부터 있어 온 학생자율기구인 양 여기고 있
다. 80년대 목숨까지 건 학생들의 싸움에서 확보한 '자율적'인 학생
회는 아직도 이 사회에서 '자율성'을 제도적으로 확보 받지 못하고
있다. 국가가 총학생회의 연대조직을 '이적'이라고 규정해 놓고 있다.
총학생회를 자율적인 것으로 만들어내던 1984년 가을 나의 메모에
는 이런 기록도 있다.

가을비는 내리는데

가을에 비 내리네
촉촉이 젖어 드네

던지는 화염병 불이 터지는 곳
아스팔트 위에
가을 비 촉촉이 내리네

터지는 최루탄 매운 연기가
온 거리 장안에 퍼지는데
은행잎은 낙엽되어
촉촉한 가을 비 적시고
걸어가네, 그 사람들, 걸어가네

관악산 서울대 교정
학생들은 민주화 부르짖고
교수는 멍청히
빨갛게 물든 단풍나무 바라보네,
참 곱다고 생각하나
가을비는 촉촉이 내리네

마침내 시인이여
먼 산을 좋아하지 말자는*
시인의 뜰에도
가을비는 촉촉이 내리네

그는 죽을 거라고
제적된 그 학생은
이 세상을 다하였다고

민주화의 80년대 초반을

마감한다고

그래서 그는 죽을 거라고

말하는 그의 친구, 그녀의 눈에도

가을비는 촉촉이 내리네.

84. 11. 10
* 시인 고은의 '차령산맥'에서 차용

당시 자율적으로 구성된 서울대 총학생회장 이모 군이 단식 농성을 감행하고 있었다. 여학생 하나가 나에게 찾아와서 그 단식을 말릴 수 있는 방도를 강구해 달라고 하면서 눈물을 흘렸다. 나는 그 여학생에게 확신을 갖자고 말했다. "민주화 운동을 하는 학생이 쉽게 자기의 생명을 버리지 않을 것이다. 이것을 우리가 믿자." 복직교수로서 연구실에 앉아 있는 창밖에 가을비가 촉촉이 내린다.

<< 불나비

* 1985년 5월 23일 대학생 73명이 서울 미문화원을 3일간 점거한 채, 광주학살의 배후 조종자로서 미국의 책임을 추궁. 25명의 학생이 구속되고 43명이 구류, 5명이 훈방을 받았음.

** 1985년 11월 18일에 서울 가락동에 있던 민정당 중앙연수원을 대학생들이 점거한 사건. 농성가담자 191명, 배후 혐의 2명 등 모두 193명이 구속되었으며, 이 중에서 112명은 기소유예로 석방되고 81명이 기소되었다.

깍쟁이의 과찬

2003년 06월 16일 11시 18분 21초

1

이삼 년 전부터 우리나라 젊은이들이 셔츠에 '체 게바라' 얼굴을 새긴 것을 유행처럼 입고 다녔다. 그 때쯤 미국 가서 일년 동안 연구하고 돌아 온 키 큰 손모 교수도 그런 옷을 입고 찍은 사진이 신문에 보도되기도 하였다. 이 즈음에 체 게바라에 관한 책도 몇 종류가 출판되기도 하였다.

1990년 7월에 간행된 『발자욱』이란 책에 보면, "우리나라에도 또레스, 체 게바라, 네스또 같은 '순수한' 혁명가들이 있는가?"라고 질문한 글이 보인다. 홍근수 목사가 딸에게 보내는 편지에 이렇게 쓴 것이다. 홍 목사는 미국에서 신학 공부를 할 때 이 순수한 혁명가들에 관심을 갖고 연구했다고 한다. 이 대목에서 몇 장을 넘기면 다음 문장이 나온다.

"해방신학, 정치신학과 사회·정치참여의 신학, 기독교사회윤리학, WCC, WARC(세계장로교회연맹)의 신학(신목사는 이것을 현대신학이라고 하는지 모르겠다. 그런 경우 현대신학), 세속화신학, 제3세계신학, 아시아신학, 민중신학, WCC, KNCC, 공산주의와 기독교의 대화, 사회구원, 기독교인의 사회변혁의 추구, 교회공동체의 민주화, 작은교회운동과 민중교회운동, 민주사회주의, 전교조·전노협·전농협·전대협·전민련, 민자통, 기독교사회운동연합(기사련), 기독교노동자연맹, 공해추방운동본부, 토지공개념, 예금실명제, 한겨레신문, 새누리신문(4월에 새로 창간된 기독교의 새 신문), 말(월간지), 반(反)전, 반핵, 반공해, 반외세, 반자본주의, 반경제성장일변도정책, 반(反)반공주의, 반국가보안법, 반분단, 황금만능주의, 반군사독재, 반보수대연합, 반민자당, 반자유총연맹, 반민족분단, 반(反)반북한과 반반북한교회, 반사대주의, 반기복신앙, 반미신주의, 반타계주의, 반개별교회이기주의와 교회지상주의, 반대형교회주의, 반전민족복음화, 반타종교배타주의, 반성령폭발대회, 반바리세주의와 반율법주의, 반교권주의, 반두왕국신학(루터교회가 내세우고 있고 신종성 목사가 지지하고 있음), 반기독교총연맹(기독교총연맹은 반KNCC와 반세계에큐메니칼운동단체로 새로 조직된 것임), 반우익기독교 등."

이는 홍목사가 선호하는 단어들이라고 한다. 그는 이 단어가 내포한

개념을 잘 이해하고 있으면서 실천에, 사회운동에, 기독교 내의 운동과 그가 살고 있고 몸담고 있는 교회가 존재하는 한국에서의 사회운동에 헌신하고 있다. 홍 목사가 이제 나이가 만 65세가 되어서 지난 6월 6일에 정년기념 모임을 출판기념회 이름으로 치렀다. 교회에서 보통 70세에 정년은퇴하는 것이 관례인데 그는 5년을 앞당겨 정년을 하고 사회운동에 더욱 헌신하겠다고 다짐하였다. 그날 몇몇 축사하러 나오신 분들은 그의 신학적 입장과 특히 민족통일에의 헌신하는 모습, 그리고 민주적 노동운동과 비정규직 노동운동에 대한 각별한 지지와 연대를 지목하여 축하하였다.

위의 열거된 단어가 지시하는 현실 상황이 많이 변한 것도 있지만 아직도 그 맥락에서 지속되는 것도 많다. 오히려 더욱 '순수한 혁명' 활동이 필요하기조차 하다.

2

6월 9일 저녁에는 박순경 선생의 팔순 잔치가 열렸다. 기념논집도 마련되어 증정되고 해설되는 장면이 흐뭇하였다. 그 날 잔치는 박선생이 모든 비용을 내어서 즐거이 베푸는 만찬이었다. 지금도 기억이 생생한 것이 있다. 민중당이 창당대회하는 날이었다. 박선생이 축사를 하는데 주최측에서 단 5분 안으로 해 달라는 요청을 무시하고 길고 긴 '강의'를 하는데, 그 주제가 맑스주의와 계급에 관한 것이었다. 한국신학자 중에서 맑스주의 연구를 한 분도 드문데 민중당 창당대회에 나와서 민족운동의 주동 세력이 민중이고 이 민중은 계급으로 구성되어 있으며 민족통일과 자본주의 모순을 척결하는 데는 계급적 변혁운동이 요청된다는 취지의 축사를 한 것이다. 아마도 민중당이 결성되던 시기는 이미 사회구성체 논쟁이 서서히 시들어가면서 변혁적 전망에 대한 논의도 꼬리를 감추기 시작하던 시기였을 것이다.

80년대 초반 박선생이 민족의 역사를 공부한다는 소문이 있었다. 이날 팔순잔치의 답례인사에서 민족의 역사를 공부하고 맑스주의를 연구한 내력과 배경을 설명하는 이야기를 듣고 여러 가지 궁금증이 풀리기도 하였다. 한국의 신학을 구축하고자 노력하면서 실천적으로 민족통일운동과 계급운동에 관여하는 면모의 이유를 알게 된 것이다.

그 분은 홍목사와 마찬가지로 민족운동과 계급운동은 하나이다고 역설하는 것이다. 박선생은 민주노동당 창당에 관여하여 지금도 고문을 맡고 있고 홍목사는 민주노동당 후원회를 맡았으며 두 분이 통일운동에도 헌신하여 평양을 방문하는 일도 서슴지 않았다.

3

두 잔치에서 축사하는 분들은 두 분의 사상이 독창적이고 민족지향적이다고 지적하고 또한 실천에서도 앞장서서 헌신하는 모습을 '합당'하게 지목하여 기리었다. 그런데 박선생의 인사말 중에 유심히 귀에 들어오는 대목이 있었다. 자기는 '깍쟁이'라서 남을 잘 칭찬하지 않는다고 했다. 칭찬하게 되면 자연히 상대의 현실적 상황과는 동떨어지게 '과찬'하게 되는데 이것이 너무 쑥스럽다는 것이고, 반면에 자기에게 칭찬하는 것조차 '과찬'이기 십상이기 때문에 듣기조차 쑥스러워서 자기를 위한 잔치를 피해 왔다고 한다. 그런데 그가 근래에 와서 남을 칭찬을 하는 습관을 기르고 있고 곧잘 하게 되었다고 한다. 생각해 보건대 그 과찬은 결국 사람들이 도달하고자 하는 어떤 이상에 맞닿은 것이고 이 이상은 신학적으로 보면 '하느님의 진실'에 맞닿아 있다고 인식하였기 때문이라는 것이다. 이 대목이 참 인상 깊었다.

물론 나는 무종교이다. 나도 원래 칭찬을 아끼었고 나에 대한 칭찬도 쑥스러워 하고 했다. 어느 때부터 모임에 가서 인사말을 해야 하고 격려의 말을 해야 하고 칭찬의 말을 해야 할 경우가 많아졌다. 그래서 '과찬'을 하지 않을 수 없었다. 그래서 '과찬'에 대하여 생각해 보기조차 하였다. 진정한 사회운동을 함께 하는 사람들은 공동의 희망이 있게 마련이다. 칭찬하는 말에서 우리 함께 하는 사람들의 공동 희망을 그렇게 말함으로써 서로 위로하고 격려하고 용기를 북돋우면서 힘내어 나아갈 수 있다. 결국 희망을 그렇게 말하는 것이다. 박선생은 '하느님의 진실'이라고 기독교적으로 표현한다.

<< 불나비

담배, 술, 커피

2003년 07월 11일 13시 24분 46초

1

아침상,

보글보글하는 된장찌개, 윤기 흐르는 쌀밥, 김치,

고등어나 조기 구이.

아내가 정성 들여 차린 아침 밥상에 마주 앉아

밥 먹고,

그리고 커피 한잔 마시며.

비로소 그 날 첫 담배에 불을 붙여 피운다.

맑은 아침에 피어오르는 담배연기.

저녁 밥상

위의 아침밥상보다 더 풍부하게 국을 끓여 놓고

생선찌개 혹은 불고기, 물김치,
(김치가 서너 가지가 되기도 한다. 부추김치. 깍두기. 오이소백이
김치, 겨울이면 동김치, 김장무김치와 배추김치 등등)
혹 손님이 함께 하는 밥상이면
소주 몇 잔이거나 적어도 2년 이상 숙성된 매실주 몇 잔,
별도로 술상을 차리기도 한다.
술을 권하고 마시고 알콩달콩 이야기도 한다.
재떨이, 성냥, 그리고 미리 준비해 둔 담배들.

어느 날부터, 아침밥을 먹지 않기로 한다. 커피도 마시지 않기로 한다. 담배도 피우지 않기로 한다. 이 일이 80년 겨울 연말부터 시작되었다.

할 일도 없어지고 난 후 몸이나 한번 청소해 보자는 뜻에서 일주일 '단식'을 했다.

준비단식 일주일, 물만 마시는 본단식 일주일, 그리고 회복 일주일. 이렇게 해서 한달 간 '단식'과정을 거친다. 회복할 때, 몇 가지 사항을 결정한다. 담배를 피우지 말지, 세끼 중에서 아침 한끼는 그만 두기로 하지. 고기보다는 채소를 더 많이 먹기로 하지. 커피도 마시지 않기로 하지. 뭐, 술은—아직 끊기가 이르지.

이렇게 해서 간단히 '담배'를 끊었다. 정확히 말하자면 다시 시작

하지 않은 것이다.

아내가 남편이 마주 하지 않는 아침을 먹는다. 커피도 마시지 않는다. 담배연기도 내지 않는다.

2

한 동네에 사는 친구 교수의 부인이 어디엔가 가서 사주풀이를 해왔다고 조심스럽게 아내에게 이야기했단다. '김교수님이 올해는 사방이 아주 캄캄하답니다. 불빛 하나 비치는 데가 없대요. 내년이 지나면 겨우 작은 빛이 생긴답니다.' 오직 답답했으면 그 부인이 몰래 생년일을 알아내어 가서 사주를 보았을까! 80년 가을 이야기이다.

전화 받는 소리가 들린다.

"예, 별일 없어요. 건강하게 지내고 있습니다." 아내가 답하는 말이다. "예, 이모님",

"예, 언니", "예, 숙부님, 고모님, 숙모님", 이종 언니, 이종 동생, 시댁의 일가 친척들.

"매달 쌀 한 가마씩 꼭 올려 보낼테니 굳건하게 버티세요." 어떤 지방대학에 계시는 선배 교수가 하루 저녁 술을 약간 자시고 와서 아이들에게 학용품 값도 내 놓고 쌀 한가마니 값도 봉투에 넣어 놓

213

고 아내에게 하는 말이다.

70년대 혹독하게 탄압을 받던 출판사에서도 주위에서 돈을 좀 거두었다고 '해직교수'들에게 위로금을 보낸다. 서독의 어떤 기독교기구에서는 해외협조 프로그램에 의해 한국의 해직교수 몇 사람에게 연구과제를 만들어 보라고 하고는 '연구비' 명목으로 돈을 보냈다. 그것이 사주풀이에서 2년이 지나고 난 후 겨우 비추어진다는 '불빛'으로 나타난 모양이다. 어떤 기독교 단체에서 성금을 거두어 나누어 주기도 한다. 이렇게 해서 어려운 시기를 지낸다. 84년 5월 스승의 날이 되었을 때 당시 가장 혹독한 탄압을 받고 있던 젊은 사람들이 몇 사람 해직교수를 초청해서 회식자리를 마련하고 후련하게 놀게 한다.

3

해직되고 1년이 지난 때였다. 여동생 결혼을 하고 모든 치송*을 하고 난 뒤 아내가 말한다.

"수중에 돈 2만원밖에 없어요." 거참, 평생에 아무리 어려운 때였어도 수중에 돈이 떨어져 본 일은 없었다. 그런데 돈이 없단다. 캄캄한 때이다. 아내에게 묻는다. 집에 쌀 두 가마니가 있단다. 연탄은? 지하실에 겨울날 정도는 쌓여 있단다.

"그러면 우린 배부르고 등 따신 거잖아!" 마침 집안 식구들에게 우환이 일어나지 않으니 다행이다. 누군가 아프고 신경이 약해지면 곤란해질 것이다. 우환이 없으니 참으로 다행이다. 그런데 '돈벌이'는 해야 하지 않겠나. 어쩌지. 원고는 어디에서도 싣지 못하게 해 놓았다. 시간강의도 하지 못하도록 해 놓았다. 그걸 한다고 생계를 충당할 만큼 돈이 벌리는 건 아니다. 돈을 벌 궁리를 하니 일이 생겼다.

친구에게 전화를 해서 돈을 얼마 빌려달라고 한다. 몇 달 사용하고 원금과 이자를 붙여 갚게 되었다. 그 친구는 굳이 이자는 받지 않겠다고 한다.

어떤 친구는 찾아와서 술도 내면서 위로한다. 이제 나이도 제법 들고 세상사는 법도 알 터이니 '정치'에는 머리 쓰지 말고 친구끼리 오순도순 친하면서 살자고 한다. 그건 위로 말이기는 하다. 그 친구의 '정치'라는 말은 독재정권이라도 일제보다는 나은 것이니 저항하지 말자는 뜻이다. 그건 위로 말이긴 하다. 가끔 전화라도 하고 술이라도 함께 마시자는 것도 큰 위안이다. 친구가 옆에 있으니 말이다. 어떤 친구는 산행을 동행하는 경우를 만든다. 그저 산으로 가고 산을 넘고 산천의 아름다움만 감탄한다.

그것만으로도 위안을 준다. 다른 말이 필요하겠는가! 정치적 신념

이 달라도, 혹은 무관심해도 이웃친구에게 위로를 주는 일은 참 고
마운 것이다.

4

이제 술도 마시지 않게 되었다.** 그렇지만 주고받는 마음에 꼭 술
이 있어야 하는 것도 아니다.

<< 불나비

* 治送. 행장을 차려 보낸다는 뜻.
** 2000년 4월의 어느 날, 김진균 선생님은 술을 드시고 댁에 늦게 들어가셨
   다. 그런데 속이 전에 없이 심하게 아파서 병원에 가야 했고, 뜻밖에도
   대장암이라는 판정을 받게 되었다. 바로 수술을 하셨고, 술을 드시지 못
   하게 되셨다.

쑥대밭

2003년 08월 01일 10시 12분 40초

1

아마 92년일 것이다. 그 전 해까지 몇 년 사이에 '열사'들이 희생되었다. 그 중에 '강경대'의 죽음*에 이은 '열사'의 출현은 누군가로부터 '죽음의 잔치'를 걷어치우라는 신경질적인 반응을 일으키기도 하였다. 국내에서 민주화운동이 하나의 '순환'을 이루고 돌아갈 때 20세기 세계체제의 한 축을 이루고 있던 소련과 동구권이 붕괴되기 시작하였다.

소련의 몰락이 이 세상에서 일어날 수 있는 일인지도 가늠하기 어려웠다. 소련이 붕괴되는 하나의 내재적 요인 중에 86년 4월에 발생한 세기적 재앙, 즉 체르노빌 핵발전소의 폭발도 그 하나로 꼽힐 수 있을 것이라고 생각을 하였다. 우리나라에는 체르노빌 핵발전소 폭발사고가 자세히 알려지지 않고 있었다. 80년대 말 효창공

217

원에 자리 잡고 있는 '백범김구선생기념사업회'의 월례강연에 내가 초청되어 그때 내가 수집한 다소 허술한 자료에 의거하여 그 핵발전소의 폭발사고를 예로 삼아서 핵발전소가 가져올 재앙을 이야기하였다. 그러면서 몇 가지 소련이 해결하기 어려웠던 점을 지적하였다.

우선 식량문제였다. 우크라이나 수도 키에프 근처에 자리잡고 있는 체르노빌에서 핵폭발사고가 발생하였는데 당시 바람을 동반한 구름비가 우크라이나, 백러시아, 핀란드 그리고 동독 영역까지 휘돌다가 제트기류를 타고 동쪽으로 멀리 태평양까지 날아갔다. 그리하여 러시아의 곡창지대였던 모스크바 남부지역으로부터 광활한 우크라이나, 그리고 백러시아 지역, 이 곳의 곡식이 모두 방사능에 피폭을 당하였다. 핵폭발사고의 재앙은 단지 한 해의 수확을 버리게 하는 것만이 아니라 땅, 즉 곡식을 키워내는 토양을 오염시켜 수십 년에서 수만 년에 이르기까지 방사능의 피해를 당해야 하는 데 있었다. 소련은 몇 년 간 흉년이 들었다고만 보고하였다. 소련의 곡창지대가 재앙의 땅으로 변한 것이다.

둘째는 에너지문제였다. 체르노빌 핵발전소는 미국의 핵발전 관련자들조차도 관리가 가장 잘 되는 곳으로 칭찬해 주던 곳이다. 그런데 원인도 잘 캐어지지 않은 원인에 의해 폭발되었다. 당시 소련은 핵발전이 전체 전력의 1/5 수준을 공급하고 있었고 몇 년 사이에 1/4 수준 이상을 공급하는 계획을 세우고 있었다고 한다. 체르노빌 폭발사고 이후 전체 핵발전소를 점검한 결과 노후된 상태가 많았던 것이고 이 사건으로 새 핵발전소 건설을 추진할 수 없었다. 그리하여 소련은 에너지 공급을 위해 시베리아 석탄을 집중적으로 캐도록 독려했는데 이 광부들에게 충분한 식량과 임금을 공급할 수 없었다. 그래서 자본주의국가에서는 믿기 어렵게도 노동자 나라라는 사회주의 국가의 탄광 광부노동자들이 파업을 하곤 하였다.

셋째는 민주주의문제였다. 핵과 관련된 사업은 그것이 발전이든 무기생산이든 모두 극비 속의 관리체제를 구축하였다. '자유주의'라고 하는 미국이나 프랑스, 독일 그리고 사회주의라고 했던 소련이나 중국, 그리고 체코나 루마니아 등 어느 국가에서나 극비 전체주의적 관리체제를 구축하였다. 체르노빌 사고가 나고도 중앙에 보고되고 대처하는 실체적 반응이 나오기는 일주일 이상 걸렸다. 체르노빌 근처의 주민들이 영문도 모르고 목욕을 하다가 살이 모두 짓물러 죽는 사고가 부지기수로 발생하였다. 인근 어린이를 피난시킨 조치도 너무 늦게 수행되었다. 비바람이 방사능을 동북부 유럽과 모스크바 남부지역에 세차게 뿌리는데도 대처하는 시간은 너무 느렸다. 당시 피해로 사람이 얼마나 죽었는지 모른다. 백러시아는 다음 해였던가 세계에 피폭자들을 구할 약을 보내달라고 호소하였다.

2

내가 반핵 강연을 한다고 하니 반핵운동하는 젊은이들이 몇 사람

불
나
비
처
럼

219

응원하러 참석했다. 왜냐하면 친핵 혹은 정부 당국 관계자들이 와서 나를 공격해서 곤궁하게 만들까 염려해서였다. 마침 노인네가 많은 청중 중에서 핵의 대안적 발전(發電)을 경험에 의해 말씀해 주는 분도 있었다.

그런데 92년에 독일 베를린에서 세계반핵회의가 개최되는데 여기에 2차대전 당시 일본 히로시마에서 피폭된 할머니 한 분이 참석하고 이를 수행하는 반핵운동가 여성이 있었다. 나는 우연히 이 젊은 여인에게 베를린 간 김에 우크나이나 키에프에 가서 체르노빌을 방문하고 오면 반핵운동하는 데 도움이 될 것이라고 말하며 은근히 그곳에 다녀 올 것을 권유했다. 그 여인은 이 말에 반핵운동가로 자처하는 사람도 엄두를 못 냈던 제안에 감사하며 체르노빌에 다녀오기로 하였다. 베를린에서 회의를 마치고 우크라이나로 갔단다. 마침 우크라이나에서도 그 회의에 참석한 분들이 있어서 이들의 즉석 초대장을 만들어서 비자를 받고 비행기를 타고 갔다. 우크라이나에서 온 분들은 차비 때문에 기차를 타고 귀국하였단다. 나는 키에프에 도착하면 한국인으로서 그 곳에서 방사능 피폭자들을 위해 '수족침'(손과 발에 침을 시술하는 방법의 침술)을 시술하고 있는 분들을 만나면 안내를 잘 받을 것이라고 말해 주었다.

그런데 도착부터 미리 잘 알지 못한 사태에 직면했다. 베를린에서 달러를 러시아 돈으로 바꾸어 갔더니 키에프 공항에서 모두 압수당했단다. 루블화는 우크라이나에서 재앙의 표적이었다는 것이다. 국내 쿠폰을 사용해야 했다. 한국인 수족침 팀이 투숙하고 있으리라는 곳에 갔더니 다른 곳으로 이동하고 없었다. 가엾게 여긴 종업원이 자기 집에 데리고 가서 재워 주었는데 이 나그네에게 빵 한 조각을 내놓을 수 없었다. 빵이 없었기 때문이었다.

다음 날 수족침 팀을 만나게 되었다. 멀리 한국에서 온 생면부지의 여인을 부둥켜안고 그 동안의 외로움을 털어내어 놓더라는 것이다. 우크라이나 당국은 피폭자를 치료해 줄 방법과 재력이 없었으므로 마침 개최된 모스크바 대안 의료 국제모임에 와서 자연치료를 하는 사람이라도 와서 도와달라고 호소했는데 한국의 '수족침' 관계자가 이를 듣고 자기들 회원을 파견하게 되었다고 한다. 나는 내 제자가 우연히 이 수족침을 배우다가 우크라이나를 다녀 온 이야기를 해 준 것이 있어서 그녀에게 말해주었던 것이다.

베를린에서 뒤에 도착한 우크라이나 핵관계자—이 사람이 조선족 2세였다고 한다—, 이 사람이 체르노빌을 출입할 수 있는 과학자였으므로 이 분의 안내를 받아서 출입금지 지역을 들어가 보게 되었다고 한다. 체르노빌 발전소를 중심으로 반경 30km의 지역이 출입금지지역으로 통제되고 있었다. 체르노빌의 흉흉한 모습을 보고 2차 대전 중에 미국에서 선도적으로 개발한 핵이 퍼부은 재앙을 눈으로 보게 되었다. 가슴이 아픈 것이야 말로 표현할 것인가! 그런데 그 반경 안에 사는 사람이 있더라는 것이다. 피폭이 되어 몸 운신하기가 무척 어려운 노인네들이 어디 갈 곳도 마땅하지 않고 살던 곳에 그냥 살면서 죽음을 맞이하겠다고 해서 어쩔 수 없이 이들의 거주를 묵인해 주고 있었던 것이다. 한편 극동사람은 거의 살지 않고 있는 이 곳에서 아주 반가운 사람을 만났단다. 체르노빌 근처에 세계적인 핵연구소가 있는데 여기에 한국에서도 전문가를 몇 달 간격으로 파견하고 있었다는 것이다. 이들이 이 여인을 만나서 너무 반가워서 김치 깡통도 주고 여러 가지 이야기를 해 주었다는 것이다(연구자들이 파견되고 있었지만 우리나라에서는 체르노빌 핵발전소 폭발사고를 자세히 전문적으로 총괄해서 연구 분석해서 공개한 것은 없다고 여겨진다).

3

그로부터 몇 년 후 90년대 후반에 '대안 에너지를 생각하는 콜로키움'을 진행하는데 마침 한국방송공사와 함께 핵문제를 가지고 다큐멘터리를 제작하는 팀이 와서 발표를 하였다.[**] 러시아 지역을 주로 대상으로 했는데 이 팀이 우크라이나 체르노빌을 방문하였다. 그런데 앞서 간 사람이 본 것과 다른 점이 몇 가지 눈에 띄었다. 우선 발전소 반경 30km지역 안에 사람들이 사는 마을이 생겼고 이 곳을 방문하는 사람들에게는 관리소에서 차편을 제공하고 입장료를 받는다는 것이다. 그리고 촬영을 위해서 보통 카메라 한 대당 몇 불, 그리고 방송국에서 사용하는 큰 카메라 한 대당은 몇 천불을 받는다는 것이다. 이런 수입료를 가지고 그 곳에 사는 피폭자들, 늙은이나 어

린이 말할 것도 없이 이들의 생계에 도움을 주는 것으로 보았다는
것이다.

4

흉물로 변한 체르노빌 발전소에 오직 '쑥'만 무성하게 자란단다.
'체르노빌'이 원래 러시아 말로 '쑥'을 뜻한다고 한다. 체르노빌이 그
야말로 '쑥대밭'이 된 것이다. 그 쑥대밭 때문에 소련의 붕괴도 촉진
되고 우크라이나 민족은 수십 세대를 거치면서 피폭지대의 삶을 힘
겹게 꾸려가야 할 것이다. 나는 키에프 아이스 발레단이 한국에 와
서 공연하는 핑고를 볼 때마다 몸 속에 애써 숨기고 있을 방사능 요
소를 생각한다.

5

핵발전소를 먼저 만들었던 미국, 프랑스, 독일, 스웨덴 국가는 앞
으로 핵발전소를 더 증설하지 않기로 하고 기존 발전소도 몇십 년
후에 폐쇄한다는 정책을 밝히고 있다. 그런데 유독 극동지역, 한국,
중국, 일본은 증설계획을 발표하고 있다. 이 지역은 더구나 지진이
잘 발생하는 곳이다. 일본의 핵발전소가 터진다면 거기서 발생하는
방사능 재가 한반도에 집중포화 될 것이다. 금수강산이 쑥대밭이 될
것이다.

핵에 관련된 문제는 그것이 발전소 설치이건, 핵폐기물 저장소 설

치 문제이건 혹은 핵무기 생산에 관한 것이건, 그 지역주민의 문제
가 아니다. 반핵, 반전, 평화는 한 가지 맥락에 놓여 있다.

<< 불나비

* 1991년 4월 26일 명지대학교 1학년 강경대 학생이 학내 등록금 인상에
  반대하는 교내 시위를 벌이다가 과잉진압하던 경찰(백골단)의 쇠파이프
  폭력에 맞아 숨진 사건. 이 '살인사건'으로 노태우 정권의 폭력성이 적나
  라하게 드러났으며, 이 사건은 이후 '1991년 5월투쟁'으로 이어졌다.
** 1996년에 서울대학교의 지원을 받아 1년 동안 핵발전의 문제와 대안에너
  지에 관한 콜로키움을 진행했다. 진행간사는 홍성태가 맡았다. 체르노빌
  에 관해서는 환경운동연합의 최예용 팀장이 와서 발표했다. 체르노빌을
  둘러보고 찍은 슬라이드 사진으로 현지의 상황을 생생하게 전해 주었다.
  서울대학교의 지원금은 150만원이었으며, 고철환 교수, 이필렬 교수 등
  의 전문가들과 최예용, 최경송 등의 젊은 환경운동가들이 참여했다.

선구자

2003년 08월 27일 13시 10분 34초

1

노래 '선구자'는 멋지고 기품있고 역사의식이 있는 가곡으로 널리 알려져 80년대와 90년대 여러 종류의 사람들이 애창했었고 운동권 영역에서도 기품있게 폼을 내는 사람은 이 곡을 여러 사람 앞에서도 잘 불렀다. 그런데 이 노래 '선구자'가 개작되고 이 노래의 작곡자로 알려진 조두남이 친일파로 밝혀지고 있어서 놀라움을 금치 못할 지경에 이르렀다. 그리고 이 곡을 좋아했던 사람들은 뒷통수를 얻어맞은 격이 된 것이다.

내가 인터넷에서 마산 쪽을 항해하다가 마산에서 시비가 일고 있음을 알았다. 마산시가 '선구자'의 작곡가 조두남의 업적을 기려 기념관을 개관하려고 한 데 대하여 지역시민단체 '희망연대'가 이의를 제기하고 나선 것이다. 조두남이 일제시대 만주에 있다가 해방되어

불
나
비
처
럼

서울로 와 있다가 한국전쟁 통에 마산에 내려와서 살았다는 것과 '선구자'가 독립투사의 노래로 널리 알려졌기 때문에 마산시가 그를 기념하고자 한 것이었다.

이 시비가 일어나자 조두남이 일제 말기에 살았다는 중국 연길로 사람들이 찾아가서 그 전말을 상당히 밝혀내고 있다. 개작되고 둔갑하고 친일작가가 독립투사 노래를 만들고 곡을 만들었다는 사실이 어지간히 밝혀지고 있고, 그 동안 이 둔갑된 역사 왜곡과 은폐는 냉전과 분단의 철책선이 천년만년 가리라는 판단에 의해 이루진 것이라는 사실이 드러나고 있다.

나는 이 은폐되고 왜곡된 역사가 밝혀짐에 따라 멋모르고 그 노래에 애증을 함께 한 곡절을 이야기하고자 한다.

2

지난 7월 4일과 5일 서울에서 재일교포 이정미의 노래공연이 있었다. 그는 김민기의 '아침이슬'을 듣고 한국의 노래에 신명을 살리려 노래해 왔다고 한다. 사십대 중반 여인 이정미의 공연을 보고 "무당같은 모습이다. 한반도와 일본을 아우르려는 보다 큰 '정체성'의 기반을 만들기 위해, 그 복잡하고 중첩되어 있을 여러 갈래의 '기류'를 한 몸에 녹아 내려서 한 가지 모습으로 내놓게 하기 위해서는 어쩔 수 없이 '무당'체질을 길러 내었어야 하는지. 이 콘서트는 소용돌이치는 민족 '기류'를 보다 맑고 밝고 아름답게 소리로 빚어내는 감동이 있다"고 느낌을 쓴 일이 있다. '아침이슬'은 김민기가 1970년에 작곡하였고 '상록수'는 1977년에 작곡하였다. 이 노래들이 일정하게 70년대 저항정신을 반영하는 것이었으며 아직 운동권 노래가 본격적으로 나오기 전에 학생들이 자주 불렀다. 그리고 80년대에 들어서면 대중적으로 전국에 확산되었다. 1984년 3월 19일 당시 해직교수협의회가 처음으로 국내외 기자회견을 하면서 80년 사태를 성명서에 실어 발표하는 날, 어느 일본 신문이 한국의 정세를 보도하면서 '아침이슬' 노래를 인용하여 반독재 분위기가 고조되고 있다고 하였다. 그 세월이 지나는 사이 80년 광주민중운동의 처참한 사태를 중심으로 형성되는 노래가 만들어져 나오기 시작하였다. 그리고 87년 드디어 노동자대투쟁이 전개되자 노동운동노래로 '철의 노동자'가 나오고 뒤따라 노동운동노래가 줄기차게 만들어져 나왔다.

　이런 분위기에 '선구자'가 독특하게 자리잡고 있었다. 전통적 '가곡'의 기품을 갖추어 치열하게 저항하는 민중운동의 노래에서 약간 벗어나서 그리고 사람들이 점잖게 저항적 기질을 내보이면서, 그리고 무엇보다도 반만년 역사의 '민족'의 자주성을 내보이는 정통성조차 내포하는 것으로 느껴지게 하였다. 그리하여 젊은 학생들의 과격한 노래와 몸짓을 제어하는 분위기를 나타내기도 하였다. 기억컨대 70년대 후반부터 운동권노래가 거의 없을 무렵에 이 '선구자'가 주목을 받기 시작한 것이다.

　'일송정 푸른 솔은……말달리는 선구자……' 그 이미지가 참 멋있

게 그려져 있는 것이다. 이 이미지는 고조선과 부여와 고구려의 광
활한 대지 위의 민족 역사의 이미지와 연상되었다. 매혹적이고 자부
심을 느끼게 하는 것이었다. 난들 이 노래의 분위기에 빠져들었던
것은 당연하였다. 애써 따라 부르면서 배우기도 하였다.

그런데 박정희 대통령이 천년만년 권력을 잡고자 1972년 '유신'을
단행하였다. 모든 헌법개정논의가 봉쇄되었다. 이 '유신' 전체주의 체
제로의 전환에 '남북통일'을 빌미로 내세웠다. 이 유신을 찬양하는
무리들이 박 대통령을 찬양하는 이야기를 쏟아 놓는 중에 "각하가
선구자 노래를 좋아한다"는 이야기가 대중매체에 보도된 것이다. 한
편으로 당시에 차츰 박정희 대통령의 일제시대 행각이 드러나기 시
작하고 있었다. 그가 일본군 장교로서 만주에서 봉사하고 있을 때
한 일이 독립투사를 수색하고 잡아내는 일이었다는 사실이 알려지
기 시작하였다. 독립투사를 잡아내던 사람이 독립투사의 노래 '선구
자'를 애창한다?! 이 모순된 작태에 기가 막혔다. 그 후로 나는 이
'선구자' 노래를 하지도 않고 듣기조차 멀리하였다.

3

내가 봉직했던 학과는 운동권 학생이 많기로 유명하다. 학생들은
70년대에 '군바리타령'*을 학과 노래로 정했다가 역동하는 그리고 더
욱 집중시켜야 할 저항운동의 빠른 동력을 위해서는 그 군바리타령
이 잘 맞지 않는다고 판단했는지 80년대 중반 '불나비'로 바꾸었다.**

노동노래활동가 최도은이 열심히 부르고 안치환도 자기 정통성을 위해서 열심히 부르곤 한 노래이다. 학과 학생들이 모이는 행사가 있으면 언제든지 이 '불나비' 노래를 부르며 분위기를 압도하였다. 학교 졸업식 날이면 학과에서 먼저 학과 졸업식을 거행한다. 학부학생과 졸업생, 대학원 석·박사 그리고 교수와 학부모가 참석하는 이 학과 졸업식에 80년대 후반에는 졸업식을 마칠 때 합창하는 노래로서 이 '불나비'가 불려졌다. 그런데 90년대에 들어서면서 차츰 이 '불나비' 노래가 밀리기 시작하더니 드디어 부르는 노래가 바뀌게 되었다. 그러면서 제시된 것이 이 점잖고 기품있는 '선구자'였나. 한국의 수재 젊은 엘리트들이 '선구자'가 되기를 염원하고 다짐하는 노래부르기였다. 나는 속으로 마땅치 않았지만 어쩔 수 없었다.

　차츰 '불나비' 노래를 학교 밖의 모임에서나 부르게 되었다. '선구자'가 학과 졸업식 노래로 자리잡고 있는 것이다.***

4

　우리는 진실로 살고 싶어해도 왜곡된 '허상'과 이를 뒷받침하는 이데올로기에 젖어지게 마련인가 보다. 오랫동안 갇혀지고 닫혀졌던 세상, 그리고 서로 적대하고 배제하던 세상에서 열리고 만나고 소통하는 과정에서 역사의 진실이 밝혀진다는 것이 얼마나 다행한 '진보'인지 새삼 느끼게 한다. 연길 용정(龍井)에서 물 마시고 싶었던 생각이 이 '선구자'로 말미암았다는 것도 어쩔 수 없이 고백해야 하지만,

그 용정 사진을 보면서 혹 언제 용정에 가서 물을 마신다 해도 이제
맑은 마음으로 갈 수 있겠다는 생각마저 든다.

≪ 불나비

* 정확한 이름은 '군바리 각설이'이다. '군바리 각설이 들어간다'는 후렴구
가 붙고, 앞 구절은 즉석에서 지어 부르는 것이 이 노래의 묘미였다. 예
컨대 '70년대는 80년대 대빵/80년대는 2000년대 대빵/둘이서 붙으면 군
부독재 절로 난다/군바리 각설이 들어간다'는 식이다. 이 가사는 83학번
오건호가 85-86년의 어느날 술자리에서 지은 것으로서 박정희가 80년대
를, 전두환이 2000년대를 내세워서 군부독재를 합리화한 것을 꼬집었다.
86학번까지는 이 노래를 서울대 사회학과의 '과가'로 배웠다.

** 83학번부터 부른 것으로 알려졌다. 85년부터 널리 불려지게 되었는데, 이
노래를 서울대 사회학과의 과가로 만든 것은 86학번이었다.

*** '선구자 안부르기 운동'이 펼쳐지고 있는 시대에 이런 변화가 이루어졌
다는 것은 대단히 유감스러운 일이 아닐 수 없다. "용정시에 있는 옛 대
성중학을 찾았다. 옛 건물 2층에는 일제시대 때 만주로 갔던 독립운동가
들이 건립한 학교에 대한 내력이 전시되어 있었다. 거기서 진열대에 꽂
혀있는 책 한 권을 발견했다. 『음악가 김종화—그의 음악 작품과 인생』
(민족출판사)이란 책이었다. ……그런데 그 위에는 안내문이 적혀 있었
는데, 책보다는 그 글귀가 먼저 눈에 들어왔다. '<선구자의 노래>의 진
위를 아시려면……『음악가 김종화』이 책을 보십시요'라고. ……김종화
(1912~) 선생이 지은 노래들을 수록한 책이었다. 그리고 거기에는 몇
해 전 가곡 <선구자>가 <룡정의 노래>를 표절한 곡이며, 윤해영과 조
두남의 친일행적을 밝힌 김종화 선생의 증언이 일목요연하게 정리되어
있었다. ……박창욱 연변대 교수는 서문에서 "김종화 선생은 광복전

1940년대 흑룡강성에서 조두남·윤해영 등과 함께 예술활동을 같이 해
오신 분"이라며 "비록 몇 년 밖에 안되는 세월이었지만 당시를 돌아보는
그의 회억은 <룡정의 노래>가 <선구자>로 둔갑하고, 친일행적이 뚜렷
한 윤해영이나 조두남을 독립운동가처럼 만든 역사의 조작품에 일격을
가하였다"고 말했다. ……김종화 선생은 이 책을 통해 <선구자>에 얽힌
진실을 알려주었다. 과거사 바로잡기는 정치권은 물론 온 국민의 최근
관심사다. 넓게 보면 '<선구자> 안부르기 운동'도 친일청산의 한 작업이
아닐까"(윤성효, '친일청산 위해 <선구자> 안부르기운동 해야', 『오마이
뉴스』, 2004년 8월 24일). '선구자'는 부르지 말아야 한다. 윤해영과 조두
남은 '친일역사관'에서나 만나야 한다.

밤에도 소리치는 매미

2003년 09월 24일 15시 13분 59초

1

우리 가족이 아파트에 산 지 내년이면 10년이 된다. 마침 위치와 층수가 좋은 편이어서 마루에 앉아 밖을 보면 산이 바로 눈에 들어온다.* 안방 창문에 가끔 밝은 달이 살며시 나타나서 얼굴을 어루만져 주고 가기도 한다. 몇 년 전 여름 새벽에 언뜻 들리는 소리가 요란해서 어쩐 일인지 살펴보니 장대같이 자란 나무숲에서 매미들이 소리를 지르는 것이다. 아파트 경내 사방에 불이 밝혀져 있으니 매미들이 밤낮을 가리지 않고 소리를 지르는 것을 알게 되었다.

매미가 새벽에도 소리를 지른다는 것을 안 것은 89년 여름 명동성당에서였다. 나는 어릴 적 진주에서 자랄 때 여름이면 진주시내를 가로질러 서쪽에서 동쪽으로 흘러가는 남강 하류쪽 백사장에 나가 잘 놀았다. 지금은 온통 북적거리는 시가지로 변했지만 50년 한국전쟁 전에는 백사장이 있고 그 주변은 밭이어서 여름이면 수박과 참외를 사 먹으며 한가하게 지내노라면 키 큰 버드나무 속에서 매미들이 노래를 부르곤 하였다. 어릴 적 기억에 매미는 낮에만 노래하는 줄 여겼다.

2

1989년 여름 7월에 전국교직원조합이 결성되었는데 이 결성을 빌미로 해서 당시 이부영 선생**을 경찰이 연행해 가자 전국에서 모인 조합원 선생들 600여명이 단식 농성을 감행하였다. 명동성당 경내에 간단한 천막을 치고 7월 25일부터 8월 5일까지 농성을 한 것이었다. 당시 민교협 교수들이 함께 농성장에서 하루 밤을 지내면서 연대활동을 하였다. 새벽 먼동이 뜰 무렵 갑자기 매미소리가 들리는 것이 아닌가? 명동성당과 같은 번잡한 시내에서 매미가 서식하는 것도 희한하게 생각하였는데 새벽에 매미가 노래를 불러 제치는 것도 놀랍기도 하였다. 아! 매미가 새벽에 노래를 부르는구나, 이 때 처음으로 확인하였다.

이 농성 중에 전교조 대학위원회가 결성되었다. 출범식을 명동성당 입구 계단에서 진행하였다. 누가 이 위원회를 맡을 것인가를 두고 고심하였다. 마침 연세대 오세철 교수가 큰 짐을 맡아 주었다. 나중에는 전교조 부위원장직을 맡았던 박현서 교수가 이어 주었다. 교수들이 전교조에 가입해서 조합비도 내고 후원금도 납부하고 전교

조의 활동에 전국 지역에 있는 민교협 교수들이 애써 주었다. 민교
협은 전교조가 출범할 당시 어떻게 할 것인가를 두고 고민을 하면서
여러 차례 의견을 수렴하고 있었다. 출범 몇 달 전 서울에서, 대구에
서 그리고 광주에서 중앙위원회를 개최하였는데 최종으로 광주에서
열린 중앙위원회에서 교수가 전교조에 가입하는 자체가 전교조를
출범하고 사수하는 일을 돕는 것으로 판단하였다. 그리하여 처음에
교수 몇 사람이 가입할 것인가를 점검해 보니 약 45명 정도 손꼽히
었다. 그런데 막상 출범 당시까지 가입서를 제출한 숫자가 140여명
이었다. 그리고 그 가입의 숫자는 곧 늘어서 나중에는 약 5백명이 가
입하였다.

  물론 정부 당국은 전교조 출범 자체를 막고 탄압하였다. 출범하는
날 교사들이 경찰에 의해 줄줄이 엮여서 체포되고 구속되기도 하였
다. 교수라고 해서 가만히 두질 않았다. 경북대 김상기 교수는 당시
민교협 공동의장을 맡고 있었다. 그 분은 학교 당국과 이상한 기관
으로부터 탈퇴와 해외여행을 하라는 압박을 받았다. 나도 민교협 공
동의장으로서 이 일을 치루어야 했다. 경찰관 두 사람이 승용차를
가지고 와서 우리 집 건너편 공터에서 두 달 동안 24시간 주둔하며
감시하였다. 민교협 출범 당시도 숱한 구박을 받았지만 이에 못지
않게 교수들도 여러 가지 불이익 조치를 내어서 탄압하고 단속하려
하였다. 물론 전교조 조합원 교사들은 일천오백여명이 학교 현장에
서 쫓겨났다. 그 주무 문교부 장관이 바로 교육학을 전공하고 교사

를 배출하는 사범대학 교수였음에도 불구하고 눈 하나 깜짝하지 않고 교사들을 쫓아내었다.***

전교조에 대한 탄압에 맞서 민교협만 연대해 싸운 것이 아니었다. 범국민적 운동으로 발전하였다. 민주학부모회가 서울, 인천, 광주 등 전국적으로 결성되기 시작했고, 6월 17일에는 29개 시민, 사회, 종교단체가 주축이 되어 '전교조탄압저지 및 참교육실현을 위한 공동대책위원회'가 구성되기도 했다. 이와 같은 전교조 지지 분위기는 학생들에게도 영향을 미쳐 전국적으로 수만 명에 달하는 학생들이 집회와 시위를 벌여 전교조 교사들을 지켜내려 했으며, 그 결과 40여명의 학생들이 징계를 받기도 했다.

당시 전교조가 주장한 대로 참교육정책을 과감하게 실현하였더라면 공교육 자체가 지금처럼 처참하게 붕괴되지 않고 인간다운 젊은 이를 생성하는 효과를 지금쯤 누리게 되었을 것이다. 전교조 결성 이후 교육을 상품화하려는 강력한 경향에 대해 이를 극복하고자 하는 교육연대운동이 만만치 않게 전개되어 왔다. 이 과정에서 항상 절감하는 것은 민중의 삶을 인간적으로 격상시키기 위해 공공성이 확보되고 공공정책이 이루어져 간다면 사회의 여러 폐단과 위기를 예방하고 더 나은 질의 삶 형태를 구축해 나갈 수 있다는 점이다.

3

올해 불행히도 '매미'라 이름지어진 태풍과 해일을 만나서 남부지역이 난리를 만나고 있다. 태풍 매미가 남도에서 밤에 올라와 날개를 휘저었다. 우리나라 과학이 해마다 일어나는 태풍이 몰아오는 바다의 물결 양과 속도와 비중을 측정하지 못할 리가 없다. 그러나 마산 앞바다를 매립해서 분양하는 데에만 열을 올려서 태풍이 오면 해일을 어떻게 일으킬 것인지를 무시해서 도로를 내고 건물을 짓게 하였다. 지하 3층까지 내려 파서 그 밑바닥에 전기시설도 넣고 또 노래방도 넣고 해서 해일이 밀려 들어와도 사람들이 그 지하공간에서 놀다가 희생을 당하는 일이 발생하였다.

과학과 기술이 민중의 삶의 기초를 튼튼하게 만드는 데 사용되지 않고 땅값에 눈독이 든 행정당국과 거대자본을 위해 사용되기만 한다면 '매미'와 같은 자연의 운동이 인간에게 재앙을 안겨주게 될 뿐이다.

결국 인성교육이란 무엇이겠는가? 자연의 현상과 법칙을 이해하게 한다는 교육이 나중에 자연의 현상 자체가 인간에게 친화적이게 되는 인식방법을 알게 하는 것이지 않는가? 그리고 그 친화적이란 것은 자연의 운동에 거스르지 않으면서 민중의 삶에 그 자연의 운동이 유익하게 되게 하자는 것이 아닌가? 이렇게 하자면 인간은 인간을 폭 넓게 이해하고 감싸는 자세가 생겨나는 삶의 방식을 추구하게 되는 것이다. 이것이 인간답게 살게 하는 인성교육의 요체일 것이다. 조선시대의 용어를 빌리자면 하늘의 법칙을 이용하여, 즉 자연의 섭리와 원리를 이용하고 땅의 이로움을 살려서 인간이 후하게 살아가게 하는 방식을 교육하는 것이 공공교육의 지향점일 것이다. 자연의 법칙과 원리, 이를 과학과 기술로 담아 오는 원리들이 땅의 이로움을 파괴하고 일부 인간들의 이익을 위해 봉사하게 한다면, 공동체로서의 삶도 살아나기 힘들고 자연과 땅이 모두 민중의 살아가는 기반을 오히려 붕괴시키게 될 것이다. 이번 태풍 '매미'는 참교육의 진정성과 지향성을 제대로 알려주고 있음을 다시 한번 깨닫게 한다.

≪ 불나비

* 김진균 선생님은 1973년에 삼선동에서 독산동으로 이사해서 1994년 말까지 사셨다. 독산동 댁은 관악산으로 바로 이어지는 높은 곳에 자리잡고 있는 마당 넓은 1층 단독주택이었다. 매년 신년하례 때면 한밤중에 이 집으로 많은 제자들이 몰려와서 새벽까지 얘기를 나누고 노래를 부르며 놀았다. 1994년에 이사간 과천의 주공 아파트는 5층인데, 베란다 창으로 청계산이 바로 바라보이는 곳이다. 독산동 집은 다세대주택으로 바뀌어 사라지고 말았다.

** 정치인 이부영과는 이름만 같을 뿐 전혀 다른 분이다.

*** 1988년 문교부장관에 기용되어 1990년까지 재임한 정원식을 가리킨다. 그는 1991년 노재봉의 후임으로 제24대 국무총리에 임명되었으며, 1997년에 대한적십자사 총재에 임명되기도 했다. 그러나 그는 무엇보다 문교부장관 퇴임 뒤에 출강하던 외국어대학교에서 학생들로부터 '밀가루 세례'를 받은 것으로 유명하다. 학생들은 그가 1989년에 1,500명이 넘는 교사들의 '목'을 친 것에 항의하여 그의 얼굴과 온몸을 밀가루로 뒤덮어주었다.

황달: 노란색, 노란 스쿨버스, 황건적

2003년 10월 23일–2004년 1월 28일

죽음의 벼랑에 내몰린
21세기 초 한국의 노동자들. 정규직이든 비정규직이든, 이주노동자이든,
그들도 집회나 시위현장에서 노란 수건을 걸친다.
노란 차를 타고 씽씽 달리는 어린이들—아직은 부모 덕으로 그러하지만,
황금을 쫓으려면 경쟁에서 이겨야 한다는 신념을 키우다가
어느 날 갑자기 하늘이 노랗게 보이는 세상을 만난다면?

황달은 하늘을 노랗게 만들지 않는다.
황달은 온 몸을 노랗게 만든다.
황달기가 든 사람이 많아지는 21세기 초 한국 사회.
—「황달: 노란색, 노란 스쿨버스, 황건적」에서

똥파리, 천도제

2003년 10월 23일 13시 19분 26초

1

지난 여름 구례 화엄사에 갔었다. 마침 그 지역사람들이 6.25전쟁 전후 지리산에서 죽은 사람들을 위해 천도제를 거행한다는 안내문을 보고 향촉대 몇 만원을 내었다. 죽이는 쪽에 있었던 사람이든 죽는 쪽에 있었던 사람이든, 그리고 좌익이든 우익이든, 죽은 자를 위해 제를 올린다는 것이다. 구천에 떠돌아다닌 죽음이 제대로 하늘나라라도 찾아가 안온해진다면 조그마한 위안이 되리라고 생각하였다.

2

1978년 4월 처음으로 지리산 등반을 하였다. 학과 3년생이 수학여행을 처음으로 지리산으로 가게 되어 따라 나선 것이다. 마천에서 자고 백무동을 거처 장터목산장에 올랐다. 다음날 아침 천왕봉에 올라 일출을 보았다. 처음 보는 운해의 거침없는 움직임은 장관이었다.

지금 지리산 장터목에 가면 아주 잘 지어진 대피소가 있다. 그 아래 언덕에 낡은 창고 같은 집이 당시 대피소였다. 산에서 네끼 음식을 장만해서 먹었다. 세석평전을 거처 대성리로 내려와서 쌍계사 앞에서 하루 묵었다. 당시 산에서 음식을 장만할 때면 어김없이 찾아오는 손님이 한 떼 있었다. 엄지손가락보다 큰 똥파리 떼가 몰려오는 것이다. 밥을 제대로 먹을 수 없을 정도였다. 비위가 약한 사람은 아마 밥을 먹지 못했을 것이다.

82년경에 경남 청도에 있는 운문산 일대를 산행한 일이 있었다. 가지산, 얼음골, 그리고 천황봉과 평전을 거처 표충사 쪽으로 내려왔다. 이 산에서도 밥을 해 먹을 때 그 똥파리들이 몰려왔었다. 80년대 초반 설악산을 자주 갔을 때에도 파리 떼를 만난 것 같다.

일행 중에 한 분이 이 운문산 지대에서도 45년 해방에서 6.25전쟁이 끝날 때까지 무수한 사람이 죽었다는 것이다. 이에 비하면 지리산은 말할 나위가 없을 것이다. 3도(道) 4군(郡)에 걸쳐있는 지리산은 갑오농민전쟁부터 무수한 사람이 죽었다. 한 분이 말하기를 사람이 많이 죽은 곳에 이 똥파리가 많다고 관찰한 사실을 말하였다. 80년대 중반에 들어와서 지리산의 등산로가 차츰 정비되고 관광 삼아 산행을 하는 사람이 많아졌다. 지리산 청왕봉의 돌비석도 바뀌어 세워졌다. 이 때쯤부터 똥파리 떼가 사라지기 시작하였다.

3

　5년 전이던가, 서울의 한복판에 있는 조계사에서 6월에 천도제가 거행되었다. 이애주 교수가 천도제를 주관하였다. 80년대 독재정권에 의해 죽은 '열사'들을 위한 것이었다. 유가협 어머니들의 마음이야 오죽하였으랴. 추도하는 사람들이 모이고 몇 사람은 추도의 말을 앞에 나와서 하기도 하였다. 한 사람—70년대 악명 높았던 공안검사, 국회의원이 되고, 몰래 평양을 다녀 온 '특사'였다. 줄줄이 나오는 말이 용서와 화해였다.

4

　아직도 우리 사회에는, 분단된 한국사회에는 '헛것'에 걸려 있는 사람이 많은 모양이다. 똥파리 떼가 사라졌다고 해서, 천도제를 올린다 해서 '헛것'에 걸린 사람이 모두 풀리지는 않는 모양이다. 우리의 성심을 더해야 하는가, 더욱 간절해야 하는가!!

<< 불나비

황달: 노란색, 노란 스쿨버스, 황건적*

2003년 11월 18일 17시 10분 43초

1

하늘이 노란 것이 아니다.

하늘은 여전히 '기후'만 나타낼 뿐이다.

비가 내린다. 가을 끝마무리가 재촉된다.

하늘이 노란 것이 아니다.

세상이 노란 것이다.

올해 들어 유난히도 분신한 노동자의 살 길이 노랬다.

죽은 노동자의 자식들이 노랗다.

불쌍한 다른 노동자들이 노랗다.

세상이 노랗다.

70년에 분신한 전태일의 유서나

올해 분신한 노동자의 유서 내용이 변하지 않았다—전부 노란 기
가 깔려 있다.

2

횡단보도 앞 노란색 버스가 지나간다.
사람들이 비켜준다.
어린이를 태운 노란 차
유치원, 태권도 강습소의 차가 노랗다
어린이 음악원, 피아노 학원, 미술학원, 웅변학원,
무용학원, 스포츠학원, 무슨 무슨 영어학원,
어린이를 상대로 하는 영업체의 차가 노랗다.
어린이 안전을 위한 색깔의 노란차들.
어린이 세상을 노랗게 장식한다.
오색 무지개 중에서
노랑색으로 세상을 칠한다.
도심 빌딩거리에도, 삼천리강산 벽촌 아스팔트길에도
노란 차가 달린다.

3

한국의 베스트셀러의 작가 두 사람이
경쟁이나 하듯이 '삼국지' 소설을 출판하여

장안의 종이 값을 올리고 있단다.

그 중에 한 사람은 '민족작가'라 이름 붙여진 사람이다.

한 사람은 '국민작가'라 해야 하나!

이 두 사람이 21세기 초 한국사회를 '삼국지'로 풍미케 한다.

조선조시대에도 읽혔고, 20세기 고달픈 식민지시대에도

이승만, 박정희 시대에도 '삼국지'는 주류 신문들이 심심하면

제공하던 중국 아류 역사소설 중의 하나.

삼국지의 소설의 무대는 중국 한(漢)나라가 망하던 때이다.

중국 제국이 서고 이를 지탱하는 데 중국 농민은 가렴주구에

황달기가 들었다.

누런 얼굴의 민중들이 노란 두건을 쓰고 반란을 일으켰다.

이 반란의 무리를 삼국지 주인공들인 유비나 관운장이나 장비, 그리고

조조나 그 뒤의 사가(史家)들이 '황건적'이라고 불렀다—주문을 외어

백성을 현혹하고 천자(天子)의 법통을 부정하는 노란 머리수건의

도둑떼들, 황건적!!

4

죽음의 벼랑에 내몰린

21세기 초 한국의 노동자들. 정규직이든 비정규직이든, 이주노동

자이든,

그들도 집회나 시위현장에서 노란 수건을 걸친다.

노란 차를 타고 씽씽 달리는 어린이들—아직은 부모 덕으로 그러
하지만,
황금을 쫓으려면 경쟁에서 이겨야 한다는 신념을 키우다가
어느 날 갑자기 하늘이 노랗게 보이는 세상을 만난다면?

황달은 하늘을 노랗게 만들지 않는다.
황달은 온 몸을 노랗게 만든다.
황달기가 든 사람이 많아지는 21세기 초 한국 사회.
<< 불나비

* 2003년 10월 말부터 건강이 나빠지셨다. 암이 간으로 전이되어 황달이 들
  기 시작하셨다. 그 체험을 이 글로 남기셨다.

불
나
비
처
럼

장례위원 명단이 신문 광고에 나올 때마다 소름이 끼친다.

2003년 12월 18일 17시 03분 58초

정말 행복하게 이 세상을 떠나는 지인(知人)이야 친구들이 모여서 오순도순 그의 생애를 기리고 명복을 비는 마음으로 슬프지만 따뜻하게 장례를 치르고 장지에서나마 남아 있는 친구들이 술 한 잔 나누어 망자를 기리고 살아 있는 자들이 서로 격려한다면야 흐뭇하기조차 할 것이다.

이런 장례가 아니다. 세상을 바꾸기 위해서가 아니라 작은 잘못된 일을 고치고자 분신을 하고 끝내 죽음으로 가는 그런 사람들의 장례이다. 그 작은 사회적 모순은 억울하게 사는 사람들에게는 온 가족의 목숨을 잡아 쥔 그런 무게의 억압이자 숨통 막히게 하는 일이고 '가진 자'에게는 하루 한끼 밥값에도 해당되지 않는 작은 돈이 드는 것인데도 인간에 대해, 이웃에 대해 인색한 단지 그 이유 때문에 생기는 그런 문제인 것이다.

올해만 해도 그런 이유로 분신하고 세상을 떠난 사람들이 있다. 모두가 노동자들이다. 그리고 세상을 떠나는 나이는 아직 30대와 40 대이다.

누구는 말한다. 분신이 투쟁의 수단이 되는 시대는 지났다.
누구는 말한다. 민주노총 단 위원장 머리가 의심스럽다.
말하자면 그의 머리에 '분신과 죽음의 계획이 서 있다'는 뉘앙스를 풍긴다.

올해 배달호, 김주익, 곽재구, 이용석, 이해남, 이현중—이런 사람 들이, 노동자들이 이 세상을 분신으로 해서 떠났다. 이역만리 멕시코 에서는 농민운동활동가 한 분이 분신자살*하였다. 그리고 김승훈 신 부가 떠났고, 이주노동자들이 숨어 다니다가 올 데 갈 데가 없어서 죽었다. 김 신부는 참으로 명망이 있었고 민중의 삶에 가깝게 다가 선 분이니 신부로서 그리고 민민운동권에서도 합심해서 장례를 장 엄하고 엄숙하게 치루었다. 그 분의 장례위원회는 사회의 여러 계층 의 사람들이 참여하였다. 이주노동자는 겨우 겨우 장례를 치루었을 것이다.

한 많은 이국 땅에서 한을 품고 죽었다. 대한민국은 국적을 기준 으로 인간을 차별하는 본보기를 이번 이주연수노동자 및 불법체류

불
나
비
처
럼

이주노동자를 처리하는 과정에서 철저하게 드러내 보였다. 멕시코에서 분신자살한 농민활동가는 WTO가 주도하는 '세계화 전략'에 맞서 싸웠다. 그 세계화 전략이라는 것이 결국 미국에 근거하고 있는 농업 대자본가—그들은 모든 산업을 세계적으로 장악하고 있고 지구에 '투자의 제국'을 굳건히 건설하고자 한다—에게 세계 인류의 목구멍을 움켜쥐게 하는 그런 전략이다.

그런데 노동자는 어떤가? 올해 들어서서 그 누군가가 노동자를 비난하자 노동자를 비정규직으로 내몰아가는 힘을 정부 산하 기구나 대기업이나 어떤 규모의 기업도 얼씨구 좋다고 밀어붙이게 되었다. 그리고 서구에서도 일찍이 폐기된 '손해배상청구'를 노동조합의 일상적 활동 즉 단체교섭에서 생기는 작업일 훼손을 두고 조합간부들에게 무차별로 제기하는 짓을 스스럼없이 감행하였다. 쥐꼬리만한 임금을 차압하는 작태, 그가 정규직으로 평생 일해서 받는 임금으로는 갚기가 불가능한 어마어마한 돈을 청구하는 '악마'와 같은 자본가들—이들에게 맞서기에는 그 동안 쌓아 온 전국단위의 민주노동조합도 속수무책이었을 뿐이다.

비정규직을 철폐하라는 절규, 그리고 손해배상청구를 철회하라는 피맺힌 절규에도 사회의, 국가의 책임 있는 자리에 있는 어느 누구도 귀를 기울이지 않았다.

90년대 초와 중반에 분신자살이 운동진영에서 자주 발생하였다. 길고 긴 군사독재정권을 청산하는 마지막 단계, 그리고 민주화로 가는 그 입구에 들어서고자, 안간힘으로 최류탄을 마시고 의문사를 당해도 그 힘을 내기 위해 많은 젊은이들이 '열사'가 되었다. 당시 군사정권도 물론 그들이 키운 대재벌의 뒷받침을 받고 있었다. 올해 분신자살하는 사람은 노동자층이다. 정권은 시민운동에서 태생시킨 것이라고 평가받는 그런 정권이고 겉으로는 군사정권은 아니다. 지금은 노동자를 옥죄는 것은 자본가들이고 정권이 거들고 있다.

80년대에서 배운 것이 있다면 열사라고 불리는 사람들의 역사적 의의를 계승하기 위해서는 민민운동진영에서 '장례'도 하나의 투쟁이라고 인식하고 이것을 역사의 정사(正史)에 올려놓고자 하는 운동이다. 지금 노동운동이 치밀하고 일상생활에서 민주화를 정착시키는 가장 중요한 운동의 하나이고 보면 비정규직 철폐와 손해배상철폐 및 이주노동자 평등한 대우 등이 아주 역사적 계기를 만들어내는 사건이고, 이를 몸으로 생명으로 증인해 주는 노동열사가 비통하고 장엄한 장례의 예우를 받는 것은 당연하다 할 것이다.

장례위원회가 구성되고 고문도 배치되고 장례위원장단이 서고 집행위원이 일을 맡고 장례위원들이 '동지'의 반열에 서게 된다. 특히 고문과 장례공동위원장의 경우 여러 사람이 배치되는데 운동계의 선배와 원로, 교수, 변호사, 목사, 신부와 수녀, 승려 그리고 민중단체의 책임자들이 들어선다. 이만하면 부귀영화를 누리다가 간 사람에게 '조·동·중' 수구신문에 이름이 자주 오르내리는 '명사'들이 즐비하게 장례위원이 되는 장례에 못지 않게 '빛나게' 진열되는 모습을

갖춘 것이다. 옛날 남편도 참석 못한 박 대통령 부인 영결식에 목사
와 신부와 스님이 나와 명복을 비는 추모사를 하는 것을 보고 기독
교 위주의 서양 사람들은 기이하게 생각하였다고 한다. 하기야 경찰
에 붙잡혀간 운동활동가를 목사와 신부 그리고 스님이 한 승용차에
타고 면회 가는 장면을 보고 어떤 신학자는 우리나라에서 비로소 종
교간 화해의 가능성을 열었다고 평가했다는 이야기도 있었다. 그런
배치가 '열사'들의 장례에도 나온다.

그렇지만, 생각해 보라. 아무리 장례가 엄숙하고 장엄하다고 해도
분신은 해서는 안 될 일이다. 한국 사회가 사람 목숨을 이렇게 가볍
게 대접하는가? 살아 있어서 절규하는 이야기를 왜 귀담아 들으려고
하지 않는가? 우리나라가 어느 지경까지 추락하고자 하는 것인가?
내가 장례위원 명단에 들어갈 때마다 소름이 끼치는 것은 이런 연유
에서이다.

<< 불나비

* 이경해 선생은 멕시코 깐꾼에서 WTO에 항의하여 가슴에 칼을 찔러 자
  결하였다.

덕담[*]

2004년 01월 28일 21시 50분 32초

1. '참외꼭지'

키다리 아저씨는 설을 며칠 앞두고 좋아하는 친구에게 선물을 하고 싶었다.

평소에 화려하고 값비싼 것을 싫어하는 친구에게 무엇을 선물할까 궁리하다가 그가 요즘 '참외꼭지'를 좋아하는 것을 알게 되었다. 그래서 그 흔하고 흔한 참외를 사다주면 '꼭지'는 좋아하는 대로 먹으면 되리라고 생각하고 '가볍고 기쁜' 기분으로 과일 가게를 찾아나섰다.

아뿔싸! 지금 계절이 엄동설한! 요즘 날씨가 푸근해졌다고 해도 '엄동설한'이다. 그 많이 출하되던 '성주' 참외는 거리 가게에서 눈을 씻어봐도 보이질 않는다. 그래서 평생 물건 사러 가보지도 못한 백화점에 갔다. 그곳 가게에는 참외가 있었다.

그런데 문제는 바구니에 색깔의 구색을 맞추기 위해 빨간 '사과'
몇 개에 노란 참외 5개가 배치되어 있는 것이었다. 점원의 말로는 맛
은 별로 없다고 했다. 부득이 한 바구니를 사 친구에게 가서 자초지
종 이야기를 하고 양해를 구하며 선물을 내놓았다.

아, 그런데 그 참외 '꼭지' 말린 것을 찾는다는 것을 알게 되었다.
그런데 참외도 출하되지 않는데 말린 것을 또 어디서 구한단 말인
가! 난감했다. 옆에서 말한다. 경동시장 한약재 거리에 가면 '없는 것
이 없다'는 것이다.

이 이야기는 옛날 엄동설한에 잉어나 죽순이나 딸기를 구하는 '五
倫行實圖'의 이야기가 아니다. 요즘 다정한 친구에게 정성을 다하는
우정(友情)의 이야기다!

2

이조시대의 조희룡(趙熙龍, 1789-1866)이 '중앙하급관리의 행실'을
많이 냈는데 그 중에 정의롭게 살았던 장부 김수팽(金壽彭)에 관하
여 이런 이야기를 전한다.

김수팽은 영조 때 사람이다. 호걸스러운 성격의 그는 큰 절도를
보여준 일이 많았다. 호조(戶曹)의 서리가 되었는데 동생은 선혜
청 서리였다. 한번은 아우의 집에 갔더니 마당에 동이가 줄지어

있고 검푸른 흔적이 군데군데 있었다. 아우가 말하기를 "아내가 푸른빛 염색업을 한다"고 했다. 그 말을 듣고 그는 화가 나서 아우를 매질하면서 말하기를 "우리 형제가 모두 후한 녹을 받고 있는데도 이 같은 것을 업으로 한다면 저 가난한 사람들은 장차 무엇을 생업으로 하겠는가?" 하고 동이를 모두 엎어 버리게 하였다. 푸른 염료가 콸콸 흘러 도랑에 가득 찼다(『趙熙龍 全集 6 壺山外記』 중에서)

<< 불나비

* 선생님은 마지막 글을 이렇듯 '덕담'이라는 제목으로 이 세상에 남기셨다 이 글을 쓰시고 17일째 되는 2004년 2월 14일 오전 10시 경에 김진균 선생님은 돌아가셨다. 암이 많이 퍼져서 이미 12월부터 몰라 뵐 정도로 여윈 모습이셨으나, 이 글에서 잘 알 수 있듯이 우리 선생님은 평소와 다름없이 따뜻하고 열정적이셨다.

불나비처럼

지은이 ㅣ김진균

초판인쇄일 ㅣ2005년 2월 3일
초판발행일 ㅣ2005년 2월 12일

발행인 ㅣ손자희
발행처 ㅣ문화과학사
주소 ㅣ121-861 마포구 아현동 437 고려아카데미텔 1216호
전화 ㅣ335-0461   팩스 ㅣ313-0465
e-mail ㅣtransics@chollian.net
homepage ㅣhttp://www.jinbo.net/~moonkwa
출판등록 ㅣ제1-1902 (1995. 6. 12)

값 10,000원
ISBN 89-86598-69-8   03810

ⓒ 김진균기념사업회, 2005

* 김진균기념사업회와의 협약에 의해 인지는 생략합니다.